MIREIA
TURNÓ

alta mar

A

Bruño

Diseño de cubiertas
Miguel GARCÍA RAMOS

Diseño de interior
Miguel GARCÍA RAMOS
M.ª Jesús VELASCO

Ilustración
Julián GONZÁLEZ

Traducción
Carmen PÉREZ PERDIGÓ

Dirige la Colección
Trini MARULL

altaMar

ALAN C. McLEAN

El fantasma del valle

Comentario del texto
Antonio-Manuel FABREGAT

Primera edición: septiembre 1989
Segunda edición: abril 1990
Tercera edición: febrero 1991
Cuarta edición: mayo 1992
Quinta edición: marzo 1993
Sexta edición: octubre 1993

Coordinación técnica: MAR MORALES
Fotocomposición: SERVIGRAFINT
Fotomecánica: SERVIGRAFINT
ISBN: 84-216-1114-3
Depósito legal: M. 27.873-1993
Impresión: IMPRESOS Y REVISTAS, S. A.

ALAN C. McLEAN

Alan C. McLEAN

- Nació y creció en Glasgow (Escocia).
- Se graduó en la Universidad de la misma ciudad y actualmente ejerce como profesor de inglés.
- Ha enseñado inglés en Zambia, Venezuela y Nepal.
- Ha vivido en muchos países, y es un asiduo visitante de España.
- Siempre ha sido aficionado al montañismo, por lo que durante su estancia en Nepal hizo escaladas a las montañas del Everest y Annapurna (Himalaya).
- En vacaciones, dirige grupos de montañeros a Mallorca, los Alpes Italianos y a las tierras Altas de Escocia.

alta mar

para ti ...

Me alegro mucho de que mi libro
«El fantasma del valle»,
haya sido traducido al castellano.

De entre todos los que he escrito,
es mi preferido. Ya que me recuerda
las montañas de mi país natal
y la sierra de Assynt, en el Noroeste
de Escocia.

Neil no soy yo, y tampoco yo soy Neil.
Sin embago, algo de él se encuentra en mí,
haciendo de ésta mi obra más querida.

Espero que lo encuentres tan interesante
como emocionante.

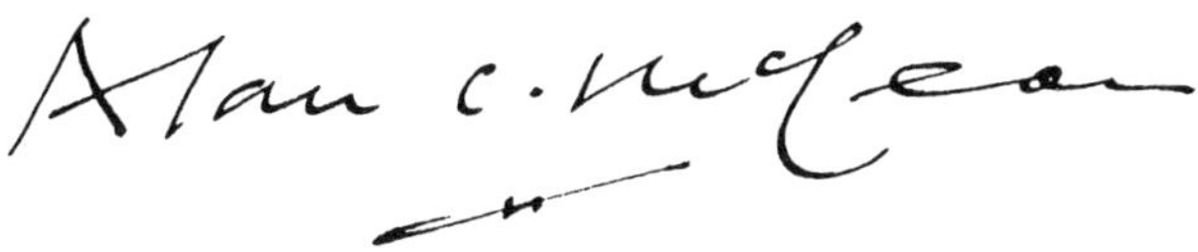

1 El viaje a Ardberg

NEIL Macleod sentía terror. Estaba al borde de un precipicio, ¿o era una montaña? ¿Qué hacía allí? No lo comprendía; odiaba las montañas y le daba miedo la altura. Estaba nublado y, sin embargo, Neil notaba la presencia de un hombre junto a él, un hombre extraño de barba roja que vestía una larga capa marrón. No recordaba haberlo visto antes, pero, aun así, le resultaba familiar, le recordaba a alguien que conocía. Había vuelto el rostro hacia Neil y le miraba con ferocidad mientras le decía algo, pero el chico no podía entender sus palabras. El hombre de la capa señalaba hacia abajo; Neil se volvió y miró desde el borde. Abajo, a lo lejos, vio un río y más allá un lago. Empezó a marearse; no quería mirar, pero no podía dejar de hacerlo. Siguió con la vista fija, aterrorizado al pensar que podía caer al valle y, sin embargo, incapaz de dejar de mirar. De repente sintió que alguien le empujaba, sus pies resbalaron en los guijarros y estiró los brazos para agarrarse a una piedra o a una mata de hierba, pero no había dónde sujetarse. Empezó a caer. Se volvió y extendió las manos hacia el hombre de la barba pidiendo ayuda, pero él sólo le hizo una mueca burlona y sacudió la cabeza. Sus ojos brillaban cruelmente como si estuviera disfrutando. Volvió a señalar hacia abajo y Neil sintió que caía y caía... Hubo un golpe seco y luego:

—Billetes, por favor.

Neil levantó la vista desde el suelo del compartimento y vio al viejo revisor del tren sonriéndole.

—Parece que te has caído de la cama, muchacho —le dijo con suave acento escocés—. ¿Has tenido una pesadilla?

—Supongo que sí —contestó Neil levantándose, al tiempo que se frotaba un lado de la cabeza. ¿Una pesadilla? Sí, claro, eso había sido, un mal sueño. Sin embargo, le había parecido extraordinariamente real.

LLevaba el billete en el bolsillo interior de la chaqueta. Lo sacó y se lo entregó al revisor.

—Gracias —dijo el hombre taladrándolo—. Llegaremos a Inverness dentro de veinte minutos. Hace una mañana estupenda. Mira.

El revisor subió la cortinilla. Fuera, el primer sol de la mañana brillaba sobre un lago estrecho y largo. El tren pasó como un rayo junto a un rebaño de vacas que bebía al borde del agua. Detrás del lago se veía una cadena de montañas bajas coronadas de nieve. Ahora podía ver Neil la cabeza del tren al tomar éste una curva de la vía y comenzar a cruzar un largo puente.

—¿Es ése el lago Ness? —preguntó Neil.

—No, el lago Ness está más al sur —le contestó el

revisor. Hizo una pausa y le miró—. Me parece que no has estado antes en esta parte de Escocia. ¿Es éste tu primer viaje?

—No; soy escocés —dijo el chico. El revisor pareció quedar desconcertado—. Ya sé que no tengo acento, pero mi padre nació muy cerca de aquí y mis tíos viven en Escocia. Voy a su casa, a pasar el verano con ellos.

—Estupendo. ¿En Inverness?

—No; viven en un lugar llamado Ardberg, donde tienen un hotel. No está lejos de Inverness, pero tengo que coger un tren hasta Lairg y allí un autobús. No llegaré a Ardberg hasta la tarde.

—Bueno, pues entonces toma un buen desayuno antes de salir —dijo el revisor—. El *porridge* de la estación te llenará el estómago.

Neil parpadeó. No le gustaba nada el *porridge* pero respondió:

—De acuerdo, lo recordaré.

—Bueno; tengo que seguir —concluyó el revisor—. Espero que pases unas buenas vacaciones con tus tíos.

—Muchas gracias, yo también lo espero —dijo Neil.

Cuando se fue el revisor, Neil abatió el pequeño lavamanos de la pared y lo llenó de agua caliente, algo coloreada de rojo. Se remojó las manos y la cara. Ahora se sentía bastante despierto, pero aún le preocupaba la pesadilla. ¡Le había parecido tan real!

¿Qué había intentado decirle el hombre de la barba

roja? ¿Por qué le había empujado? Porque tenía que haber sido él; no se había caído solo. Neil sacudió la cabeza y se rió: ¡Qué tontería ponerse nervioso! Después de todo no había sido nada más que un sueño. Se vistió y metió su pijama en la mochila. Luego, sentándose, se puso a mirar por la ventana.

No le hacían mucha ilusión estas vacaciones. Habría preferido ir a Francia con sus padres, como el año pasado. En realidad, no acertaba a comprender por qué no habían ido. Lo habían planeado todo y, de repente, se vino abajo. Cuando preguntó por qué, su madre le respondió que su padre no podía ir este verano con ellos y por eso Neil iba a pasar las vacaciones en el hotel de sus tíos en Ardberg.

—Lo pasarás bien, ¿verdad? —le había dicho su madre—. Tendrás la oportunidad de conocer algo de Escocia. Es tu tierra, Neil, tienes trece años y ya es hora de que la conozcas mejor.

Había intentado parecer alegre pero Neil notaba que su madre estaba triste y no comprendía por qué. Tampoco podía comprender por qué no había visto a su padre desde entonces. ¿Dónde estaba?

Miró por la ventana otra vez. El tren entraba en aquel momento en una ciudad. Tenía que ser Inverness. Llovía, y los edificios de piedra gris le parecieron fríos y tristes. En realidad Escocia no le gustaba. A pesar de lo que su madre había dicho, Neil no la consideraba su tierra.

Quizás el único momento en que se sentía escocés era cuando Escocia jugaba al fútbol contra Inglaterra. Entonces sí quería que Escocia ganase. Tenían los mejores jugadores, todo el mundo lo sabía. Y le gustaba la idea de que un país pequeño como Escocia venciera al mejor equipo que podía sacar al campo un país grande como Inglaterra. Sin embargo, no sabía nada de esta tierra: verdaderamente era un país extranjero para él.

El tren entraba en la estación de Inverness, Neil cogió su mochila y salió al pasillo. Bueno; no tenía ningún sentido preocuparse de aquello. Ahora estaba en Escocia y mejor sería sacarle el mayor partido.

***

Se paró el autobús y la mujer que llevaba la bolsa de la compra abrió la puerta para salir.

—Adiós, Dougal —dijo al conductor—. Te veré mañana.

—Está bien, Effie, hasta mañana —contestó él.

Ahora Neil era el único pasajero del autobús. El conductor guiaba en silencio mientras el muchacho contemplaba la lluvia que empapaba las tristes ovejas de los páramos anegados. Sentía un nudo en el estómago, pero no de hambre sino de ansiedad, de miedo a lo desconocido. El autobús llegaría a Ardberg dentro de media hora. ¿Qué pensarían de él sus tíos? ¿Qué pensaría él de ellos? Querría volver a casa, al bullicio de Londres y no quedarse en este páramo despoblado. ¡Y esta lluvia que resbalaba constantemente por las ventanillas del autobús! ¿Es que no pararía nunca? ¡Se suponía que era verano!

—¿Vas al hotel de Ardberg? —preguntó repentinamente el conductor sacando a Neil de sus tristes pensamientos.

—Sí —contestó—; es de mis tíos.

El conductor lo miró por el retrovisor:

—¿Así que tú eres el sobrino de Ellen Ross?

—Sí.

—Caramba, tu prima Elsbeth se alegrará de tener compañía. No es muy divertido para una chica de su edad estar encerrada en un lugar tan pequeño como Ardberg, aunque hay que confesar que parece arreglárselas bien. Siempre anda por el campo: arriba, en el valle o abajo, en el lago. Vete a saber qué es lo que hace, pero parece estar bastante ocupada.

Mientras el conductor seguía charlando, a Neil se le encogió el corazón. Había olvidado a su prima Elsbeth; sólo la había visto una vez hace años y no se había dado cuenta de que tendría que acompañarla durante todos las vacaciones. ¡Magnífico!

—Se está convirtiendo en una chica muy bonita —seguía el conductor—. Muy pronto lo comprobarás, supongo, porque llegaremos a Ardberg dentro de un cuarto de hora.

Ni Neil ni el conductor hablaron más durante el resto del trayecto. Llovía con más fuerza. Al poco rato, el autobús bordeó un lago estrecho y alargado. A la derecha había unas colinas bajas y rocosas y, al amparo de ellas, un grupo de edificios. Había una señal de «Hotel» en el cruce y una flecha que señalaba el camino. El autobús aminoró su marcha y giró a la derecha.

—Ahí lo tienes —dijo el conductor, señalando una casa grande y gris, medio oculta tras un grupo de árboles oscuros que aparecieron al tomar una curva—. El Hotel Ardberg.

Un hombre de mediana edad, corpulento y con un poblado bigote rojizo estaba delante del hotel. Llevaba una chaqueta verde y un sombrero de *tweed.* Cuando paró el autobús se aproximó lentamente y abrió la puerta.

—Buenas tardes, Dougal —dijo saludando al conductor—. ¿Has traído a nuestro invitado?

—Claro; aquí está, Donald —contestó el conductor—. Sano y salvo.

Donald Ross subió el escalón y entró en el autobús.

—Tú debes de ser Neil —dijo extendiendo su mano grande y áspera—. Soy tu tío Donald. Bienvenido a Ardberg, muchacho. Vamos, ven a conocer al resto de la familia.

2 Neil conoce a su familia

—HA sido una merienda estupenda, señora Ross —dijo Neil apartando el plato vacío con un suspiro de satisfacción.

—Aquí la llamamos té —contestó ella con una sonrisa—. Y, por amor de Dios, Neil, llámame tía Ellen.

Neil se sonrojó:

—Perdona, tía Ellen —dijo.

Su tía lo miró desde el otro lado de la mesa. Era más pequeña que su madre, regordeta y sonrosada, con amables ojos azules y una espesa mata de pelo todavía negro. A Neil le gustó en seguida. Llevaba en cada mano una fuente de pasteles y galletas y se las ofreció al muchacho otra vez.

—¿Estás seguro de que no quieres otra tortita?

—No, tía, estoy lleno.

—¿Y un bollo? Vamos, los he hecho esta misma tarde.

—Están buenísimos, pero ya me he tomado tres. No

puedo más. De verdad, no suelo comer tanto en casa.

Tía Ellen sonrió.

—Me tomas el pelo, Neil —dijo—. Seguro que tu madre es mucho mejor cocinera que yo.

—Qué va. De verdad que todo estaba buenísimo.

—¿Cómo está tu madre? —preguntó tío Donald encendiendo la pipa a la vez que se reclinaba en la silla.

—Muy bien, gracias —dijo Neil—. Os manda muchos recuerdos a todos.

Hubo una breve pausa. Tío Donald dio una chupada a la pipa y luego hurgó en ella con su navaja.

—¿Y tu padre? ¿También está bien? —preguntó por fin.

Neil sintió que se ponía colorado. Pero, ¿por qué? Hizo un esfuerzo y respondió:

—Gracias, sí, está bien. Ha tenido que marcharse unas semanas. En viaje de negocios.

—Sí —dijo tía Ellen—, tu madre nos escribió contándonoslo.

—Tu padre viaja bastante —murmuró tío Donald con una risita baja.

Hubo otra pausa incómoda.

—Vamos, Donald, ayúdame a quitar la mesa. Dejemos que Elsbeth y Neil se conozcan —sugirió tía Ellen.

—Tienes razón —respondió tío Donald levantándose de la mesa.

Miró por la ventana. Parecía haber dejado de llover.

—Elsbeth, deberías llevar a Neil al valle esta tarde antes de que oscurezca.

Cogió con una mano la fuente y la llevó a la cocina. Neil y Elsbeth se quedaron solos.

Se miraron con desconfianza. Neil pensó que el conductor llevaba razón: su prima tenía un bonito rostro ovalado, ojos azules y la nariz salpicada de pecas. Iba vestida con vaqueros y una camiseta de rayas, como la mayoría de las chicas de Londres que conocía. Tenía el pelo corto y rizado, tirando a pelirrojo. «¿Señal de mal genio?», se preguntó Neil con aprensión. La verdad era que casi no había sonreído desde que los habían presentado. Neil le estaba sonriendo ahora, pero ella no respondía.

—Ha sido un té fenomenal. Tu madre es una gran cocinera.

—¡Bah! Siempre monta un numerito cuando hay ex... —se paró—. Cuando tenemos invitados.

Neil sabía que iba a decir «extraños».

—No te apetece subir al valle ahora, ¿no?

—No, si tú no quieres —contestó Neil.

Y añadió:

—De todos modos, ahora hay mucha humedad, ¿no?

—¿Tu crees? —le preguntó Elsbeth mirando distraídamente hacia la ventana—. Aquí llueve mucho pero a mí no me importa y, además, eso ahuyenta a los turistas. Podemos subir al valle mañana.

Elsbeth comenzó a hacer rayas con el tenedor en el mantel y, sin mirarle, le dijo:

—Si quieres, mañana visitamos las cuevas.

—¡Qué emocionante! ¿Qué cuevas?

—Bah, unas cuevas que hay en el valle. El río las ha horadado en la roca; como por aquí todo es caliza, el agua la desgasta con facilidad.

—Ah, entonces no las ha hecho el hombre.

—No, pero sí hubo gente que vivió en ellas. Mucha gente de los alrededores tuvo que habitarlas cuando quemaron sus casas durante los Desalojos.

Neil, confuso, frunció el ceño:

—¿Los Desalojos? ¿Qué eran los Desalojos?

Los ojos azules de su prima brillaron de furia. «Así que tiene carácter», pensó Neil.

—¿Nunca has oído hablar de los Desalojos de los Highlands? —dijo mordaz— ¿Es que no os enseñan nada en Inglaterra? ¿O es que aún intentan ocultarlo?

—Lo siento —se disculpó Neil—, pero no sé de qué me estás hablando.

—Entonces te lo voy a explicar. Después de Culloden... ¿Habrás oído hablar de Culloden, no? —preguntó con sarcasmo.—

Neil asintió, sin decir nada.

—Bien, después de vencer a los clanes en Culloden —continuó Elsbeth—, los terratenientes llegaron a la conclusión de que era más productivo criar ganado que permitir a sus arrendatarios malvivir de lo que cosechaban. Así que los expulsaron y los sustituyeron por ovejas.

—Pero, ¿y si no se querían ir?

Elsbeth lanzó una amarga carcajada de indignación.

—Mandaron tropas para que los echaran —y añadió mirándole con dureza—: Tropas inglesas.

—Pero yo no soy inglés —protestó Neil riendo—. ¿Por qué me miras a mí? Yo no lo hice, en serio.

—Y si se negaban a abandonar su hogar —continuó Elsbeth ignorando su protesta—, entonces les quemaban las casas, a veces con sus mujeres y niños dentro.

—Pero eso es horrible.

—Por eso algunos de los arrendatarios huyeron y se refugiaron en las cuevas. No tenían adónde ir.

—Nunca había oído hablar de eso —dijo Neil—. Es que no estudiamos historia de Escocia en el colegio, pero suena muy interesante. Me gustaría ir contigo mañana si te parece bien.

—¿Interesante? Sí, está bien —le contestó con aspereza—. Aunque llueva podemos ir después de desayunar. Ahora perdóname, pero tengo que ir a limpiar el bar. Te veré mañana.

—De acuerdo —dijo Neil, pero el corazón se le encogió un poco ante la perspectiva de pasar un día en compañía de aquella fierecilla—. Hasta mañana, Elsbeth.

3 La excursión a las cuevas

LA mañana siguiente amaneció brillante y soleada. Neil se despertó temprano y comenzó a deshacer la maleta. Su dormitorio no era muy grande, pero era luminoso y alegre, las paredes estaban decoradas con un papel de flores y en un rincón había un gran sillón de color naranja. Desde la ventana se veía el lago, que brillaba bajo el sol, y las nubes, que desfilaban sobre las colinas a ambos lados del agua. El distante piar de los pájaros era lo único que alteraba el silencio reinante. Neil se detuvo a escucharlo. «Éste es un lugar maravilloso y voy a disfrutar mucho en él», se dijo.

Después de un copioso desayuno de *cornflakes,* huevos con tocino, té y pilas de tostadas untadas con la deliciosa mermelada que tía Ellen preparaba, Neil y Elsbeth partieron para Glen Dubh.

—Quiere decir Glen negro, el valle negro lo llamaríais en inglés —explicó Elsbeth al comenzar la excursión siguiendo el camino que pasaba por detrás del hotel.

Estaba más alegre esta mañana.

—No parece muy negro hoy —apuntó Neil, mirando las tierras verdes del valle.

Sin embargo, al final se destacaba una impresionante montaña coronada por una cresta oscura y dentada que se perfilaba en el azul del cielo. Incluso al sol de la mañana imponía y asustaba un poco. Elsbeth sorprendió su mirada y volvió los ojos hacia él.

—Es Ben Dubh —dijo—. ¿Te gustaría escalarlo?

—Parece bastante escarpado. ¿Has subido alguna vez a la cima? —preguntó Neil.

—Sí —respondió Elsbeth—. Mi padre y yo hemos subido muchas veces —sonrió—. No es tan difícil como parece. Yo te llevaré.

Neil hizo una mueca nerviosa. Odiaba la altura.

—Muy bien —dijo—. Pero creía que hoy íbamos a ver las cuevas.

Le asustaba la idea de escalar aquella montaña, pero no estaba dispuesto a admitirlo en absoluto.

—Sí, tienes razón, mañana te llevaré a la montaña. Claro, si es que quieres.

—Claro. Mañana, está bien.

Continuaron ascendiendo por el camino. Al poco rato cruzaron un puente y siguieron por un estrecho sendero a través del brezal, bordeando el lado opuesto del río, que había crecido con la lluvia de la noche anterior. El sendero se hacía más empinado a medida que avanzaban a lo largo del río. Caminaban sin ha-

blar. Finalmente llegaron al límite del valle que estaba marcado por una hilera de grandes piedras. Volviéndose, Neil miró hacia abajo; el hotel parecía una casa de muñecas al borde del lago largo y brillante. La travesía había sido fatigosa, pero se sentía emocionado por la tranquila belleza del lugar.

—Qué vista tan fantástica, ¿verdad?

—¿Ves esas casas blancas al final del lago?

—Sí.

—Es Inverard; el pueblo más cercano que tenemos. Está a unos seis kilómetros de Ardberg.

—¿Y hay muchas cosas allí?

—No; no muchas. Sólo unas cuantas tiendas, un puerto y una escuela... mi escuela.

—¿Diez millas para ir al colegio? —Neil sonrió—. El mío está a la vuelta de la esquina. No irás andando a Inverard, ¿verdad?

—No; claro que no; voy en autobús.

—¿Qué vas a hacer cuando acabes la escuela? —preguntó Neil—. ¿Lo tienes decidido?

—Me gustaría estudiar botánica o biología. Algo así.

—Pero tendrás que salir de Ardberg para estudiar eso, ¿no? Quiero decir que tendrás que ir a la universidad o algo por el estilo, ¿no es así?

Elsbeth suspiró mientras mordisqueaba una ramita de brezo.

—Sí, ya lo sé —contestó—, pero tal vez podría volver luego y trabajar aquí. Aquí vienen científicos a estudiar los pájaros y las plantas para intentar conservar toda esta área, mantenerla como está y convertirla en una reserva natural.

—Sí, de verdad que esto es precioso.

Elsbeth se volvió contra él ásperamente:

—Me gusta mucho este lugar —le dijo—. Soy de aquí y aquí está mi casa, Neil. Fuera de él estaría perdida, ¿lo entiendes?

—Sí, creo que sí —pero no estaba muy seguro de ello.

—Bueno —continuó Elsbeth—; ahora te llevaré a las cuevas antes de que empiece a llover.

—¿Pero es que va a llover? —preguntó Neil observando el cielo azul—. A mí me parece que hace muy buen tiempo.

—Sí que lo hace —contestó su prima—. Pero cuando se lleva viviendo aquí tanto tiempo como yo, se aprende a interpretar las señales. Vamos.

Encogiéndose de hombros, Neil la siguió. Le molestó que llevara razón, pues a la media hora comenzó a caer una suave llovizna, y la fina camisa de verano de Neil quedó muy pronto empapada. Elsbeth se puso el anorak que llevaba en la mochila. Neil no había llevado el suyo porque el tiempo le había parecido buenísimo. Su prima le echó una mirada mientras la camisa se le iba calando, pero no dijo nada.

Bajo la insistente lluvia, Neil caminaba de mala gana. «No ha sido culpa mía —pensaba—, Elsbeth debía haberme avisado». Le parecía que su prima del campo lo estaba poniendo en ridículo.

Las cuevas le decepcionaron un poco: consistían en media docena de agujeros más bien pequeños, ninguno de ellos en más de unos pocos metros de profundidad, que el viento y el agua habían abierto en la blanda roca. Eran tan estrechas, que se hacía difícil creer que las hubieran habitado. Elsbeth le habló de las familias que habían vivido meses en ellas durante los Desalojos, pasando frío y hambre.

—No puedo dejar de pensar en lo pequeñas que son —dijo Neil.

Dirigió la vista más allá del valle; al otro lado del río se veía un agujero mucho mayor. Lo señaló:

—Allí hay una cueva más grande.

Elsbeth siguió con la mirada la dirección de su brazo.

—Sí, pero ésa es la cueva de Kilmory —se paró indecisa—. Nunca he estado allí.

—Bueno, ¿y por qué no vamos ahora? —preguntó Neil—. Tenemos tiempo.

Elsbeth dudó otra vez.

—No va nadie a la cueva de Kilmory. No..., no es un sitio agradable.

—¿Es peligroso? —preguntó Neil—. Si es así, no me importa —presumió—; no me dan miedo las cuevas. ¡Vamos Elsbeth!

—No... no, no es peligroso. Quiero decir, es...

—¿Qué?

—Da... da mala suerte.

—¿Mala suerte? ¿Qué quieres decir?

—¡Oh! No sé. Es mi padre quien lo dice. Él sabe la historia —Elsbeth miró de mala gana el suelo e hizo rodar una piedra con el pie—. Es sólo que no quiero ir allí. De todas formas, tenemos que volver. Mamá nos espera para comer y esta tarde tengo que trabajar en el hotel.

«Tiene miedo» pensó Neil. «Parece tan fuerte y tiene miedo. No importa, iré sin ella. Eso es, volveré y exploraré esa cueva grande yo solo. No se lo diré. No le diré a nadie lo que voy a hacer.»

Y a pesar de que iba empapado, Neil Macleod silbó para sus adentros todo el camino de regreso del valle al Hotel Ardberg.

4 Un poco de Historia y un sueño

AL terminar la cena, Neil pidió a su tío que le hablara de la cueva de Kilmory. Su tío, que se disponía a encender la pipa, frunció el ceño, la apartó de sus labios y prensó el tabaco de la cazoleta con el pulgar.

—¿Qué has oído de ella? —preguntó sin mirarle, manoseando aún la pipa.

—Nada —protestó Neil—; sólo lo que Elsbeth me ha contado. Me dijo que traía mala suerte, pero no me explicó por qué.

—Elsbeth tiene razón —dijo tío Donald—; da mala suerte y te aconsejo que te apartes de ella.

—¿Pero por qué? —insistió Neil— ¿Por qué trae mala suerte? ¿Es que no me lo puedes decir?

Su tío dudó unos instantes pero tía Ellen intervino tranquilamente:

—Díselo, Donald. Tiene que saber lo que pasó allí.

Tío Donald suspiró.

—Quizás tengas razón, Ellen.

Encendió una cerilla y esperó a que prendiese la pipa antes de hablar de nuevo.

—Neil, la cueva de Kilmory trae mala suerte porque en ella ocurrió algo horroroso. Supongo que habrás oído hablar de los Desalojos...

—Sí, algo he oído —dijo Neil—, pero me temo que no mucho.

—Fue una época mala aquella —continuó tío Donald—. Se hicieron muchas cosas terribles, pero la peor de todas ocurrió aquí, en este valle, en la cueva de Kilmory. Había entonces una familia llamada Fraser que había vivido desde siempre en Glen Dubh. A pesar de ello, los hombres del terrateniente los echaron de su casa, la quemaron y destruyeron su cosecha. Pero para uno de aquellos hombres no era suficiente castigo.

El rostro de tío Donald se tiñó de púrpura, mientras sus ojos echaban chispas de furia.

—¡Maldito sea! —susurró con tal violencia que a Neil se le heló la sangre en las venas—. ¡Malditos sean su nombre y su memoria! ¡Ah, el diablo rojo! No, no tenía bastante con echar a los Fraser de su casa: los siguió hasta la cueva donde se refugiaban y la prendió fuego.

—¡Qué horror! ¿Pero qué pasó? ¿Mató a los Fraser?

—Sí, a todos. Todos asesinados.

—¡Es terrible! —exclamó Neil—; ¿y no le castigaron?

—¡Castigarlo! —bufó su tío—. No, no le castigaron.

Los terratenientes tenían demasiado poder para que ocurriera semejante cosa. No, no. Se le recompensó: le dieron una granja grande en el valle que está más al norte. Tenía miedo de quedarse aquí porque la gente lo habría matado; sin embargo, su nombre no se olvidó y se recuerda todavía.

—¿Cómo se llamaba?

—Se llamaba... Yo...

Dudando, tío Donald no terminó su frase. Neil observó que su rostro había enrojecido aún más.

—Me parece que ya basta por hoy —dijo tía Ellen al tiempo que apoyaba la mano en el brazo de su marido—. Es tarde y Neil estará cansado de escuchar viejas historias.

La interrupción de tía Ellen dio tiempo a que tío Donald se dominase.

—Llevas razón —asintió más calmado—. Supongo que Elsbeth y tú querréis madrugar mañana si es que vais a subir a Ben Dubh.

Neil había olvidado la promesa de Elsbeth de llevarlo a la montaña. Recordó los riscos y sintió de nuevo el familiar nudo en el estómago.

«No seas tonto —se dijo—. Si ella puede escalarlo, tú también puedes; además, quizás no sea tan difícil, después de todo.» De cualquier forma, su tía tenía razón: ya era tarde, hora de irse a la cama. Les deseó buenas noches a sus tíos y se fue a su habitación.

Aquella noche, Neil estuvo despierto mucho tiempo. Y no era sólo por miedo a lo que pudiera ocurrirle en la montaña, la historia que le había contado su tío sobre los asesinatos de la cueva Kilmory le atraía y horrorizaba a un tiempo. Estaba aún más resuelto que antes a explorarla.

¿Quién habría podido quemar a esa pobre familia en la cueva? Se estremeció. Le daba náuseas la idea de que se quemase gente viva. Era horrible, pero se sentía incapaz de dejar de pensar en ello. Empezaba a tener sueño. Había algo raro en la historia de su tío. ¿Qué era? Justo antes de dormirse lo recordó: el nombre del asesino de la familia Fraser. ¿Por qué no habría querido decírselo su tío? Sólo lo había llamado «el diablo rojo», pero debía poseer un nombre, y tío Donald lo sabía. ¿Por qué no se lo había querido decir? Pero Neil estaba demasiado cansado para seguir pensando con claridad, ni siquiera podía continuar despierto. Sus ojos se cerraron y se dejó arrastrar por el sueño, mientras se hacía aún la misma pregunta: «¿Por qué?»...

Neil estaba en un saliente estrecho de la montaña que ascendía hasta un pico rocoso. Tal vez se tratase de la misma montaña de antes pero el chico no estaba seguro de ello. El hombre que ya conocía se encontraba arriba del todo y lo miraba con fijeza. Le hacía señas a la vez que le hablaba y, aunque lo hacía en un idioma extraño, por alguna razón desconocida, esta vez Neil entendía mejor sus palabras. Sus ojos le miraban ferozmente y, sin embargo, le iba diciendo que podía subir hasta él. «Ven —le decía—; no hay peligro. Aquí tienes mi mano. Yo te cogeré si resbalas», añadió al tiempo que extendía un brazo hacia el chico. Neil comenzó a cruzar el saliente. De repente, sopló una ráfaga de viento. Miró hacia abajo, al valle, y se estremeció, tambaleándose hasta casi perder el equilibrio. Entonces tendió los brazos hacia el hombre de la barba roja: «¡Ayúdeme! ¡Voy a caerme!», le gritó. Pero el hombre, ocultando los brazos en los pliegues de su larga capa marrón, le dirigió una mueca feroz y habló con una voz ronca que crujía como si no la hubiera utilizado en mucho tiempo: «Neil Macleod, mira hacia abajo. Hay mucho trecho hasta el valle, ¿verdad? Estás muy alto y te vas a caer. ¡Mira!». Neil no quería mirar, sabía que no debía hacerlo porque se marearía, pero no podía dejar de obedecer. Abajo, los campos del valle parecían diminutos cuadrados de una tela escocesa, y el río, una fina cinta plateada. Sopló de nuevo el viento y, esta vez, perdió por completo el equilibrio. Empezó a resbalar y lo último que vio al caer fue el malvado rostro del hombre de la barba que reía llamándole una y otra vez.

—¡Neil! ¡Neil! Levántate, son casi las ocho.

Alguien llamaba a la puerta. De repente, Neil se despertó. Era Elsbeth. Así que sólo había sido un sueño, como el del tren, sólo un mal sueño. «Tengo que recordarlo», pensó. Pero entonces recordó algo más: hoy era el día en que Elsbeth y él iban a ir a Ben Dubh. Escalarían los empinados riscos negros y habría crestas como las de su sueño, estaba seguro. No podría subir, hoy no, no después de la pesadilla. Tendría que decirle a Elsbeth que no iría. No importaba si pensaba que era un cobarde: hoy no podría subir a Ben Dubh y eso era todo. Tendría que decírselo. Tragó saliva y ya iba a hablar, cuando oyó la voz de su prima:

—Neil, hoy no podemos subir a Ben Dubh. Mira por la ventana. La niebla está demasiado baja. Lo siento, pero tendremos que dejarlo para otro día.

Neil no podía creer su suerte. Estaba tan aliviado, que se sentía a punto de llorar. Era como si le hubiesen quitado un enorme peso de encima.

—¡Qué pena! —se oyó decir; se estaba sonriendo de placer, pero intentaba evitar que la voz traicionara su alivio—. ¿Qué vas a hacer?

—Voy a ir de pesca a Inverard con un compañero del colegio —le contestó su prima. Hizo una pausa y añadió—: Supongo que no te apetecerá venir.

—No, gracias. Me parece que no voy a ir —su mente comenzaba a trazar un plan—: Creo que me quedaré y daré algún paseo por aquí.

—Muy bien —respondió Elsbeth más alegre—. Yo ya he desayunado, así que me voy. Te veré esta noche a la hora de cenar.

—Está bien —dijo Neil—. ¡Que tengas un buen día! Espero que pesques algo.

—Gracias. Adiós, entonces.

—Adiós.

Neil se sentó en la cama y sonrió. Le había dicho que se quedaría a pasear por los alrededores. Bueno, en parte era cierto, aunque no pasearía por los alrededores. Nada de eso. ¡Iría a pasear por los alrededores de la cueva de Kilmory!

5 La cueva de Kilmory

CUANDO Neil llegó a la cueva, la niebla había espesado y todo estaba confuso y brumoso. Desde la ladera de la colina, apenas podía distinguir el río, que estaba tan solo 20 metros más abajo. Muy cerca de éste, el chico creyó percibir la silueta de unas rocas grises que, de repente, se movieron: eran ovejas. La sorpresa le produjo risa, pero parecía que la niebla se tragara de inmediato el sonido de sus carcajadas. Reinaba un silencio fantástico que nunca había sentido antes. Aunque no hacía frío, Neil se estremeció y, volviéndose, entró en la cueva de Kilmory.

Era mucho mayor que las que Elsbeth le mostró el día anterior; había tenido que agacharse para entrar, pero, una vez dentro, se podía permanecer erguido fácilmente. Estaba muy oscuro y se oía el constante goteo del agua en algún lugar. Neil iluminó con la linterna las paredes de la cueva. Eran blancuzcas. Las rascó suavemente con los dedos. Estaban secas y se desmenuzaban con facilidad. Neil supuso que serían de piedra caliza, como había dicho Elsbeth. De nuevo oyó ruido de agua: ¿De dónde vendría? Tenía que ser de más adentro. Continuó avanzando por la cueva, iluminando con su linterna las paredes a medida que avanzaba.

Al pensar en la historia que le había contado su tío, se estremeció de nuevo. ¡Qué espanto! Debió ser un monstruo el hombre que mató a aquella pobre gente. Seguro que los oyó gritar cuando las llamas los rodearon, seguro que escuchó el crujir de la carne al quemarse, y el olor... Un escalofrío le recorrió el cuerpo. ¿Cómo se podía ser tan cruel? No lo entendía.

Volvió a oír el goteo del agua. Parecía venir de más adentro aún. Tal vez hubiera un río subterráneo o una fuente en lo más profundo de la cueva. Neil apretó el paso. Ahora, las paredes aparecían cubiertas de un musgo húmedo que pendía de la roca como si se tratase de algas verdes y largas. El agua goteaba lentamente sobre el suelo de la cueva y se oía además un lejano murmullo, como de un río subterráneo. Neil se arrodilló y pegó el oído al suelo. Sí, tenía razón, sin duda el agua corría por debajo de la cueva.

Y entonces percibió otro sonido que lo dejó paralizado de horror. A sus espaldas sonaban débiles crujidos como de alguien que pisara los guijarros del suelo de la cueva. Contuvo la respiración y lo escuchó de nuevo. Eran pisadas. ¡Había alguien más allí!

De un salto se puso en pie y se volvió rápidamente. Al hacerlo, se le cayó la linterna. Con un golpe seco se apagó, rodó y se perdió en la oscuridad. Neil miró hacia la entrada de la cueva. Allí se recortaba la silueta de un hombre, iluminada por la luz del exterior.

—¿Quién hay ahí? —gritó.

No hubo respuesta. La figura borrosa ni se movió. Neil avanzó hacia el hombre, pero aún estaba demasiado oscuro para identificarla claramente. Tal vez se tratase de un pastor que esperaba a que la lluvia amainara. Parecía llevar un abrigo largo o una capa que le llegaba por debajo de las rodillas. Había algo en él que al chico le resultaba familiar, pero no sabía qué.

—Tengo que irme —dijo, ansioso por salir.

El hombre siguió guardando silencio. La oscuridad impedía a Neil verle el rostro con claridad y, además, el hombre había agachado la cabeza ocultándola entre los pliegues de su gruesa capa. Había algo en él que disgustaba al chico y, de repente, deseó con vehemencia salir de la oscura cueva y alejarse del extraño personaje. El embozado comenzaba a recordarle a alguien que había visto recientemente. ¿Quién sería?

—Adiós —dijo Neil.

No hubo respuesta. El hombre hundió aún más la cabeza en la capa y le dio la espalda. Neil pasó por su lado lo más rápido que pudo, llegó a la boca de la cueva, salió al exterior y empezó a descender por la embarrada ladera hacia el río. Entonces oyó un grito detrás de él.

—¡Neil Macleod!

Se volvió asombrado. ¿Cómo sabía su nombre el hombre de la cueva? No tuvo que darle muchas vueltas, porque en un instante lo comprendió todo.

El hombre permanecía en la entrada de la cueva, pero había descubierto su cara. A pesar de que seguía nublado y llovía con fuerza, Neil le reconoció; habría reconocido en cualquier lugar su barba roja y sus ojos brillantes, su sonrisa perversa. Era el hombre que veía en sueños, el que se había reído de él en el precipicio y en la cima de la montaña. Ahora lo miraba fijamente riéndose con maldad, mientras lo señalaba con un dedo huesudo.

—¡Nos volveremos a ver en Ben Dubh! —gritó con un susurro áspero y brutal.

Neil se estremeció al oír su voz extraña y ronca. El hombre permaneció inmóvil mientras una sonrisa cruel brillaba en su rostro al mirar al chico. De repente, una bocanada de niebla barrió la boca de la cueva y, cuando pasó, el hombre de la barba roja se había desvanecido. Neil estaba solo en Glen Dubh.

6 El fantasma de la cueva

NUNCA supo Neil cómo llegó al hotel. Corrió la mayor parte del camino, atravesando a trompicones ríos y pantanos. Se cayó varias veces pero no se detuvo, tenía que alejarse de aquel horrible lugar. Cuando por fin llegó tambaleándose al camino de acceso al hotel, tía Ellen estaba en lo alto de la escalera.

—¡Dios mío, Neil, cómo vienes! —exclamó—. ¿Dónde te has metido? Parece como si te hubieras arrastrado por todos los pantanos y arroyos de Ben Dubh.

Pero su sonrisa desapareció cuando vio el agotamiento que reflejaba el rostro de su sobrino. Corrió hacia él y lo sujetó al tiempo que éste se arrojaba en sus brazos.

—Tía Ellen, yo...

No pudo continuar. Se quedó quieto, mientras todo su cuerpo temblaba de frío y miedo.

Su tía lo rodeó con sus brazos y lo llevó al interior del hotel.

HOTEL

—Ahora, Neil, ni una palabra más. Vamos donde haga calor y te quitas la ropa mojada. Verás cómo te sientes mucho mejor. ¡Ea!

Se dejó conducir al cuarto de secado que estaba en el sótano del hotel y allí se desnudó.

—Voy a subir a prepararte el baño —dijo tía Ellen mientras recogía su ropa—. Tienes una toalla limpia a tu disposición, así que subes y te das un buen remojón. Verás cómo te sientes mucho mejor después. Luego haré un té para los dos y me contarás lo que ha pasado. ¿Te parece bien?

—Muy bien, tía —asintió el muchacho.

—Ahora, ¡arriba!

Neil permaneció en el baño caliente mucho tiempo sin apenas moverse, dejando que el agua arrancase el cansancio de sus huesos y sin pensar ni en el hombre de la cueva ni en nada. Finalmente, su tía llamó a la puerta:

—El té está listo.

—Gracias, tía Ellen —contestó—, bajaré en seguida.

Con la ropa limpia y después de beberse una taza del fuerte té que hacía su tía, Neil se sintió mucho mejor. Ella, sonriéndole, se apartó un largo mechón de pelo negro de la cara. «Qué guapa es —pensó Neil—, y qué buena».

—Y ahora —dijo ella—, ¿me cuentas qué te ha pasado?

Neil pensó un instante. Sabía que podía contarle todo

lo que había visto, pero, ¿por dónde empezar?, ¿y cuánto debía contarle?

—¿Te acuerdas de lo que me dijo ayer el tío sobre la cueva de Kilmory?

—Claro.

—¿Vive alguien allí?

—¿Vivir allí? No, claro que no.

—Pues he estado allí hoy y había alguien en la cueva.

Asombrada, tía Ellen frunció el ceño:

—¿Que te encontraste a alguien en la cueva de Kilmory? ¿Pero, cómo...?

—Sí, vi a un hombre.

Su tía dudó un momento y lo miró con inquietud.

—Neil —le dijo al fin—. Piensa con detenimiento. ¿Recuerdas cómo iba vestido, cómo era?

—No creo que se me olvide nunca porque me dio un buen susto —contestó el chico—. Llevaba una especie de capa larga y tenía la barba roja y...

Neil se detuvo. Su tía lo estaba mirando aterrorizada.

—Es él —susurró. Su rostro se había quedado lívido. Luego pronunció algo en gaélico. Parecía un nombre.

—¿Quién? —preguntó Neil.

—El demonio rojo que quemó a los Fraser en la cueva... La barba roja, una capa larga... Es él, estoy segura. Su fantasma vaga por el lugar, el escenario del horrible crimen. ¡Oh, Neil!

El muchacho no daba crédito a sus oídos:

—¿Quieres decir que el hombre que he visto es un fantasma? ¡Pero qué tontería! Los fantasmas no existen, y yo no creo en ellos.

—Yo tampoco creía Neil, hasta que lo vi.

—Entonces, ¿también lo has visto tú?

—Sí —continuó su tía, ya más calmada—. ¿Sabes? Era uno de los nuestros, un Macleod, un miembro de nuestra familia.

Entonces exclamó con furia, como tío Donald la noche anterior:

—¡Ay, la vergüenza que echó sobre nuestro nombre! ¡Sobre todos nosotros! Sólo los Macleod podemos verlo.

—¿Pero por qué? ¿Por qué sólo lo podemos ver nosotros?

—No lo sé, Neil. Los más viejos de aquí creen que... —se interrumpió un momento, buscando las palabras adecuadas—, que quiere que le perdonen el crimen que cometió. Es su culpa lo que impide a su espíritu descansar en paz. Quiere compensar de algún modo lo que hizo y la infamia que trajo sobre nuestro nombre.

Tía Ellen hizo una pausa y lo miró a los ojos.

—Te voy a preguntar algo. Quiero que me prometas decir la verdad. ¿Lo harás?

El corazón de Neil comenzó a latir con fuerza. ¿Qué le iría a preguntar?

—Claro que sí, tía Ellen —dijo—. ¿Qué es?

—El fantasma sólo se aparece a un miembro de la familia si tiene algún problema o si ha hecho algo malo. ¿Tienes tú algún problema?

Neil tenía la garganta seca. Parecía que el corazón se le iba a salir del pecho y se había puesto colorado. Se sentía culpable... pero, ¿por qué? ¿De qué? De repente pensó en sus padres. Les pasaba algo y él lo sabía. Entonces lo vio claro. Su padre no estaba en un viaje de negocios, se había ido de casa. Neil tenía la culpa. ¡Por su culpa los había dejado su padre!

Todo esto le pasó por la mente como un relámpago, pero con toda claridad; nunca en su vida había estado tan seguro de nada. No podía decírselo a su tía, así que intentó desviar la conversación.

—¿Por qué me preguntas eso, tía Ellen?

—Porque dicen que sólo se aparece cuando alguien tiene un problema o se avecina algún peligro. ¿Seguro que no te has metido en líos?

Lo miraba atentamente y esperaba su respuesta. Neil le devolvió la mirada.

—No, no he hecho nada —dijo con el corazón latiéndole violentamente.

Tía Ellen esperó a que Neil prosiguiera, pero, al ver que no era así, suspiró y añadió:

—Bueno, no hablemos más de esto. Y lo mejor será

que no hables de ello tampoco con tío Donald. Ya viste ayer lo que se altera cuando habla de la cueva de Kilmory.

Entonces, Neil recordó lo que su tío no le había querido responder la noche anterior. Tenía miedo de preguntar. Una parte de él no quería saber nada más, la otra parecía conocer ya la respuesta. Pero, tenía que preguntar, tenía que saberlo con certeza.

—Tía Ellen —dijo—. Dime una cosa.

—Si lo sé... ¿Qué quieres saber?

—¿Cómo se llamaba ese hombre? El de la barba roja, el que asesinó a los Fraser.

—La gente del valle lo llama Barbarroja pero su verdadero nombre era...

Se paró. Luego continuó muy deprisa, como para librarse lo antes posible de las horribles palabras:

—Se llamaba como tú —dijo palideciendo—. Su nombre era Neil Macleod.

7 El problema de Neil

NEIL no soñó nada aquella noche. En realidad, casi no durmió pensando en Barbarroja, el hombre que acechaba sus sueños, el que se había encontrado en la misma cueva donde asesinó a los inocentes Fraser, el hombre que se llamaba como él, Neil Macleod. Además, también tenía que pensar en lo que su tía le había contado, una historia a la que normalmente no habría dado crédito, porque, después de todo, sólo los niños creían en fantasmas y no la gente sensata como él.

Pero eso era en Londres. Aquí todo era distinto. Este lugar tenía algo especial; además, él mismo había visto al hombre en la cueva. Y luego se había desvanecido, como un fantasma, después de llamarle por su nombre con voz cascada. A Neil se le heló la sangre al recordar que había dicho que se encontrarían en Ben Dubh. Tenía que subir a la montaña con su prima al día siguiente. No. Neil miró la hora y suspiró: las dos y diez de la madrugada. Hoy. ¡Hoy escalarían Ben Dubh! Y el fantasma se encontraría con ellos allí. Se sintió mal. Podía fingirse enfermo, pero Elsbeth pensaría que tenía miedo de subir la montaña, que le daba miedo la altura, las crestas escarpadas donde el viento del valle podía soplar repentinamente y hacerle caer a uno. Neil se estremeció.

Incapaz de dormir aún, sus pensamientos se volvieron a sus padres otra vez. ¿Se irían de verdad a seperar? Siempre estaban discutiendo, lo cual no era nada nuevo, ya que ambos tenían un carácter fuerte y les gustaba salirse con la suya. Neil estaba acostumbrado a oírles levantar la voz en casa. Al principio sus peleas le ponían triste, pero había llegado a la conclusión de que no eran tan fuertes como parecían: eran tormentas de verano y acababan tan rápido como empezaban. Entonces sus padres se reían de nuevo y todo volvía a su cauce habitual. Últimamente se había producido un cambio: primero la situación pareció mejorar, porque sus padres no discutían mucho; sin embargo, había terribles silencios, interrumpidos por comentarios amargos y llenos de desprecio. Se peleaban menos pero, cuando lo hacían, se herían mucho más. Uno de los temas sobre el que siempre discutían era él. El padre de Neil era un hombre inteligente que había obtenido mucho éxito en su trabajo, pero que no había podido estudiar y a veces esto le preocupaba. Estaba empeñado en que su hijo recibiera una educación superior y obtuviese algún título. Neil comprendía a su padre, pero no quería estudiar ninguna carrera. Deseaba viajar, ver mundo, conocer gente y aprender cosas prácticas, útiles. Había intentado explicárselo a su padre, hablando con tranquilidad del tema, pero siempre acababa perdiendo los estribos y diciendo cosas que realmente no pensaba. Parecía que no podían hablar del futuro de Neil sin acalorarse, y un

día, en medio de una fuerte discusión, su padre le había gritado:

—Ya sé por qué no quieres seguir estudiando. ¡Lo haces sólo para herirme!

—En absoluto. No tiene nada que ver contigo. ¿No lo entiendes? No quiero morirme de aburrimiento, eso es todo. Quiero viajar y ver cosas mientras soy joven.

—¡Pero podrías sacar algún título si quisieras! Es eso lo que no comprendo. Yo te lo pagaré. El dinero no es problema. Si yo hubiera gozado de tus posibilidades cuando tenía tu edad...

—¡Pero no la tienes! —gritó Neil—. Ahí está el problema. Tú quieres revivir tu juventud en mí, y yo tengo que construir mi propia vida. ¡Tú has tenido la tuya!

Su padre palideció y se quedó mirándolo. Parecía envejecido y enfermo. Fue horrible. No dijo una palabra. Sólo se volvió y salió de la habitación. Neil estaba avergonzado. ¿Por qué había dicho aquello? No lo había dicho en serio. Deseaba llamar a su padre y pedirle disculpas pero no podía, se había quedado helado. Las palabras no le vinieron a los labios.

Esto ocurrió la última vez que realmente hablaron los dos. Todavía se sentía culpable y quería pedir perdón, pero pasaron días y semanas, y nunca encontró las palabras idóneas ni el momento adecuado para pronunciarlas. Los silencios en la familia se hicieron más largos y tensos. Entonces fue cuando su madre le anunció el «viaje de negocios» de su padre. Tenía los ojos rojos, como quien ha llorado. Tal vez había otra mujer. Quizá su padre se había marchado con ella. Su padre se había ido de casa y no volvería. Y la culpa era de Neil por haberle dicho aquello. Tía Ellen le había preguntado si tenía problemas. Bien, ése era su problema. Por eso se le había aparecido Neil Macleod, el asesino; por eso lo volvería a ver hoy en Glen Dubh; por eso Barbarroja lo acosaría durante el resto de su vida. Sí, sí. Él tenía la culpa de que su padre se hubiera ido, y ahora iba a pagarlo.

8 Ben Dubh

NEIL se revolvió en la cama durante horas, pero al fin, agotado, se durmió. Al poco tiempo, el sol que se colaba por entre las cortinas y el golpeteo de Elsbeth en la puerta de su cuarto lo despertaron.

—Hace un día precioso, Neil —decía ella—, no hay ni una nube y Ben Dubh está más despejado que nunca. Levántate y podremos salir temprano.

Neil se sentía muy mal. Estaba cansado por la falta de sueño y no podía dejar de pensar en su padre y en el fantasma. De alguna manera se confundían en su mente.

No tenía ganas de desayunar, pero tía Ellen se empeñó en que por lo menos se tomara algo de té y pan. Les había preparado unos bocadillos y llenado sus termos de café caliente. Neil lo metió todo en su mochila junto con el anorak, unos pantalones impermeables y un jersey.

A medida que caminaban por el río, pensaba que

era difícil que necesitaran toda aquella ropa. Ben Dubh se erguía ante ellos al final del valle, mas en lugar de la negra montaña que le asustara el primer día, ahora parecía una colina verde y suave. Hacía calor al sol y, en el luminoso cielo azul, grandes pájaros blanquinegros se elevaban y giraban sobre ellos. Neil comenzó a olvidarse de los miedos y las preocupaciones de la noche pasada en vela. Empezaba a calmarse y disfrutar de la belleza del día y el precioso panorama que se abría ante sus ojos. Era un lugar grandioso. En él percibía la naturaleza como nunca lo hizo en Londres. Inspiró profundamente sorbiendo el aire del valle. Era bueno estar vivo esta mañana. Después de todo, quizás las cosas no estuvieran tan mal. Incluso podría ser que disfrutase de sus vacaciones en Ardberg.

Cuando llegaron al pie de Ben Dubh, siguieron por un camino que pasaba justo debajo de una hilera de salientes rocosos; parecían almenas de un viejo castillo. De vez en cuando, se paraban a admirar la vista de Ben Dubh que se extendía a sus pies. Neil estaba de buen humor, contento de caminar al sol; Elsbeth iba unos metros por delante marcando el camino.

—Pensaba que sería más difícil —gritó alegremente a su prima.

Ella sonrió.

—Se vuelve un poco complicado más allá —contestó—. Pero quizás hoy consigas dominarlo.

A Neil no le molestaba que le tomase un poco el pelo.

De pronto, el sendero giró, conduciéndolos a la base de una de las grandes rocas. Neil miró hacia arriba y el corazón se le aceleró: el camino parecía desaparecer en el peñasco. Elsbeth estaba ya trepando por la piedra, ayudándose con pies y manos al pasar los puntos más difíciles, hasta llegar a la cima. Una vez allí, fue indicando a Neil el camino que ella había seguido. Neil iba aferrándose a las grietas de la roca, apoyando los pies en aquellos salientes que ella le indicaba. En poco tiempo estuvo en lo alto de la piedra, junto a ella.

—Bueno, pues ésta es la cima de Ben Dubh. Ya has llegado. No ha sido tan difícil, ¿verdad? —dijo.

—No, y ha sido muy emocionante —respondió el chico.

—¿Lo ves?

Sí, empezaba a ver, empezaba a comprender que era absurdo temer a la altura, que no había por qué tener miedo si uno se lo tomaba con cuidado e iba despacio.

Decidieron comer allí. Tía Ellen les había preparado grandes bocadillos de queso y de jamón. Neil no se dio cuenta del hambre que tenía hasta que hundió los dientes en el primero.

—Están buenísimos —dijo entre mordisco y mordisco—. En casa nunca son de este tamaño.

—Me alegro de que te guste algo de aquí, Neil —apostilló Elsbeth.

Empezaba a encontrar en Ardberg bastantes cosas de su agrado, pero no quería admitirlo ante su prima, al menos por el momento. En vez de eso, observó el camino por el que habían subido siguiendo las crestas rocosas hasta llegar al valle de abajo. «He subido por ahí», pensó satisfecho y preguntó:

—¿Bajaremos por el mismo camino?

—Podemos hacerlo. O bajar por la falda este hasta Glen Garbh y volver a casa por ahí —explicó su prima—. Es un poco más largo, pero mucho más interesante. Además en Glen Garbh hay una gran manada de ciervos, y con un poco de suerte lo veremos.

—¡Fantástico! ¿Pero cómo es la falda este? ¿Da más mie..., quiero decir, es más difícil que la que hemos subido?

—Hay un par de trozos difíciles —contestó Elsbeth—. Está Eagle Rock, que es un gran risco con el que hay que tener cuidado, pero no creo que tengas ningún problema con él, Neil.

Y sonriéndole continuó:

—Subiste la última pared de la roca muy bien. No te costará mucho si te lo tomas con tranquilidad.

Neil le devolvió la sonrisa, encantado de no haberse puesto en ridículo ante sus ojos: Si ella creía que podía por la falda este, lo intentaría.

—Muy bien —dijo—; volvamos por Glen Garbh.
El camino recorría la ladera de Ben Dubh y luego seguía hacia la izquierda por una cresta rocosa. Esta última, que era muy estrecha, bordeaba un escarpado precipicio. Neil seguía muy de cerca a su prima sin

mirar hacia abajo porque sabía que eso sería fatal. Se abrieron paso sin dificultad por unos abruptos picos rocosos, pero entonces el camino se acabó en la base de una roca mucho más grande que se elevaba a unos diez metros por encima de ellos. Elsbeth la señaló.

—Eso es Eagle Rock —dijo—. Éste es el último risco difícil. Yo subiré primero. Mira dónde pongo las manos y los pies y espera a que llegue arriba. Luego sube tú cuando te avise.

Neil esperó observando atentamente cómo Elsbeth subía por la pared de la roca, uno de cuyos lados se asomaba peligrosamente al valle de abajo. Debía estar a más de seiscientos metros de altura. Neil tenía la boca seca; se humedeció los labios con la lengua. Si se cayera al subir... Sacudió la cabeza; no, no se iba a caer. De ninguna manera, porque Elsbeth le mostraría el camino más seguro. La vio abordar uno de los ángulos del peñasco y recorrerlo, aferrándose a la roca con ambas manos a la vez que arrastraba los pies cuidadosamente por el borde estrecho del risco que pendía sobre el valle. Apartó la cabeza. No podía mirarla. Una piedra que Elsbeth debió mover al abrirse camino cayó golpeando el borde muy cerca de él para luego desaparecer en el valle. Observó su caída. No había querido, pero no pudo evitarlo. ¡Fue tan larga! La piedra desapareció al fin, pero él siguió mirando hacia abajo. El miedo se apoderó de él y le agarrotó el estómago, haciendo que se inclinara hacia delante como si le hubieran dado una patada. Instintivamente se echó para atrás y se pegó a la roca agachado, asustado de estar de pie. El borde del precipicio le atraía como un imán y tuvo que aferrarse a la piedra con todas sus fuerzas para no precipitarse a él.

—Vamos, Neil; ya he llegado. ¡Sube!

Era Elsbeth. Miró hacia arriba y la vio en la cima haciéndole señas. No podía moverse. Lo sabía. Sin embargo, tenía que hacerlo. Tragó saliva e inhaló bocanadas del aire fresco de la montaña. Se obligó a volverse y avanzó hacia la base del gran risco.

—Te puedes agarrar muy bien ahí y luego un poco más abajo a tu derecha.

Elsbeth se asomaba e iba señalando los mejores lugares. De algún modo se las arregló para poner las manos donde le decía, arrastrando los pies por un estrecho saliente en la pared de la roca. Sudaba y su cuerpo estaba rígido de miedo. No debía mirar hacia abajo. Si lo hacía lo más seguro es que se cayera.

—Muy bien —le gritó Elsbeth.

Neil pensó que hablaba despacio, con mucha calma, como los médicos.

—Ahora levanta la mano izquierda por encima de la cabeza. Ahí hay una buena grieta... Agárrate... Bien. Mueve ahora la pierna derecha hasta ese saliente de ahí. Eso es.

Neil se encontró trepando por la pared de la roca. Tenía el estómago contraído de miedo y la frente perlada de gotitas de sudor frío pero, a pesar de todo, se abría camino poco a poco hacia la cumbre. Miró la roca que tenía ante sí: era marrón-rojiza con franjas grises, y de algunas de sus grietas pendían verdes plantas musgosas. Las observó atentamente como si fuera a memorizar su aspecto, y luego continuó el ascenso obedeciendo las sencillas instrucciones de Elsbeth. Tras un tiempo que le pareció horas, llegó a la parte de la roca que colgaba sobre el valle. Mantenía los ojos fijos en la piedra, pero sus oídos estaban pendientes del sonido del viento que subía del valle. Sus nudillos, situados justo delante de su rostro, estaban blancos por la tensión. No podía mirar ni arriba ni abajo, ni moverse en ninguna dirección. El miedo lo paralizaba.

—Muy bien, ahora haz sólo lo que yo te diga —le gritó Elsbeth—. Te voy a enseñar cómo subir pero tienes que mirarme. ¡Levanta la vista, Neil!

Cautelosamente, Neil levantó un poco la cabeza y la miró. Estaba inclinada sobre el borde de la roca con el cuerpo colgando hacia él, señalándole dónde colocar manos y pies. No parecía estar en una posición muy segura, pero no fue eso lo que le hizo jadear y que su corazón latiera como si se le fuera a salir del pecho. Alguien estaba detrás de Elsbeth. Alguien que llevaba una capa mugrienta. Alguien a quien conocía bien y cuyos ojos brillantes y mueca feroz le habían atormentado desde la primera vez que lo vio en la pesadilla del tren de Londres. Era el hombre de la cueva de Kilmory, Barbarroja, su homónimo asesino: Neil Macleod. Le había dicho que se encontrarían en Ben Dubh. ¡Qué estúpido había sido al creer que podía evitarlo! Y ahora Barbarroja estaba de pie detrás de su prima sonriéndole con maldad. Iba a empujar a Elsbeth al abismo. ¡Lo sabía! Tenía que avisarla del peligro que corría.

—¡Cuidado, Elsbeth!

—¿Qué pasa, Neil? ¡Dime! ¡Vamos, ya estás casi arriba!

Ella no lo veía, no sabía que Barbarroja estaba allí detrás. ¡Claro que no! De repente, Neil lo comprendió todo: sólo los Macleod podían verlo y Elsbeth no era del todo una Macleod. Tendría que hacerle ver.

—¡Mira!— y levantó la mano para señalar al hombre que tenía detrás.

—¡Neil!

Su pie derecho resbaló. Frenéticamente intentó encontrar un lugar donde apoyarlo; la mano derecha arañaba locamente la pared de la roca, buscando algún sitio donde agarrarse. Todo su cuerpo se apretó contra la piedra como si pudiera adherirse a ésta. Se sintió resbalar. Parecía tan lisa como el hielo. No había dónde sujetarse. Sabía que se iba a caer. Pero sorprendentemente, no tenía miedo. «Así que éste es el fin —pensó—. Voy a morir». No le importaba. Casi sentía alivio. Sólo deseaba que esta terrible experiencia acabara cuanto antes.

—Neil, sujétate donde estás y espera un minuto, que voy!

Claro que no vendría. No podía salvarlo. No importaba. Pronto terminaría todo. Cerró los ojos. Sus pies se habían deslizado hasta un estrecho saliente de la roca, pero sabía que no podrían aguantar mucho tiempo allí. Tenía los brazos tan cansados, le pesaban tanto... Sentía un sueño avasallador. Sería delicioso poder dormir, pensó.

—Vamos, estira el brazo y cógeme.

La voz de su prima sonaba más cerca. Abrió los ojos y miró hacia arriba. Estaba sólo a unos metros por encima de él, tendiéndole una mano. Tenía una cuerda alrededor de la cintura.

—Todo va bien —dijo—. Estoy atada a la piedra de la cima. ¡Vamos, Neil!

Demasiado débil para discutir, Neil tendió una mano hacia ella y Elsbeth se inclinó aún más. Sus dedos se rozaron, pero no pudieron agarrarse. Elsbeth se bajó un poco más y consiguió sujetarle fuertemente por la muñeca.

Bien; ahora agárrate a mi muñeca lo más fuerte que puedas y empújate con los pies cuando yo diga «sube». ¿Entiendes? Una, dos y tres: ¡Sube!

Neil se impulsó hacia arriba y sintió que lo izaban por la pared de la roca. Sus pies golpearon dolorosamente contra la piedra, pero lograron encontrar un pequeño saliente donde apoyarse.

—Otra vez. Un, dos, tres: ¡Sube!

Elsbeth lo levantó de nuevo. Otra vez trepó por la roca hasta que sus brazos colgaron por encima de un ancho saliente.

—Ya estás arriba. Apóyate en los codos y sube del todo. ¡Venga, Neil!

Dio un fuerte tirón. Elsbeth lo agarró por los hombros y lo ayudó. Levantó los pies y se dejó caer sobre la cima de la roca y se quedó tendido allí, con los ojos cerrados. Elsbeth, agotada por el esfuerzo, yacía junto a él con la cabeza entre los brazos. Estuvieron largo rato sin hablar. Luego, Elsbeth, sin mirarle, preguntó:

—¿Qué te ha pasado ahí? ¿Por qué no subías cuando te llamaba?

—Porque quería avisarte.

—¿Avisarme, de qué?

—Había visto...

Neil se detuvo. No podía decirle lo que había visto porque no le creería. Elsbeth no veía a Barbarroja. Sólo él, Neil Macleod, podía ver al fantasma de Ben Dubh y no podía decírselo a nadie.

—Bueno —preguntó ella con aspereza—. ¿Qué es lo que has visto?

Neil no podía mirarla a los ojos.

—No lo sé —murmuró—. Algo, vi algo.

—No creo que hayas visto nada, Neil. No había nada que ver. Sólo que te dio miedo la altura; eso fue todo.

Neil abrió la boca para negarlo, pero decidió que era mejor no molestarse. De todos modos, era verdad en parte. Sí, se había asustado, pero no por la altura. De eso no había tenido miedo. Era porque había visto un fantasma, el fantasma de Barbarroja. Eso era lo que le había hecho caer. Pero sabía que no podía decírselo a su prima. Ahora estaba seguro de que Barbarroja quería matarle a él. No había tenido intención de empujar a Elsbeth. No era a ella a quien quería matar. Eso sólo había sido un truco. Le había intentado matar y casi lo había conseguido. ¿Cuándo volvería a intentarlo? Neil se estremeció al pensarlo.

Al verle temblar, Elsbeth lo miró con desprecio.

«Cree que soy un cobarde —se dijo Neil—, pero no lo soy. ¡No lo soy!». Quería decir algo, explicarse, pero ella se había levantado ya y cogía la mochila de nuevo.

—Vamos —dijo—. Será mejor que volvamos. Esta vez te llevaré por el camino más fácil.

9 Una conversación oída a hurtadillas

NEIL y Elsbeth no se hablaron durante el camino de vuelta de Ben Dubh. El cielo llevaba ya nublado un buen rato y llovía continuamente. Cuando por fin llegaron a Ardberg, Neil llevaba el anorak empapado y sus pies chapoteaban dentro de las botas.

—¡Cómo venís! —les gritó tía Ellen al verlos subir la escalera del hotel—. Parecéis dos ratas ahogadas. ¡Vamos! Cambiaos de ropa ahora mismo, dentro de diez minutos estará la cena en la mesa.

Su silencio continuó durante la cena, pero, afortunadamente, nadie pareció darse cuenta. En cuanto pudo, Neil subió a su habitación con la excusa de que iba a llenar las botas mojadas con papel de periódico para bajarlas al cuarto de secado y así tenerlas listas para el día siguiente.

Era cierto que quería que se secaran las botas, pero no lo era menos que quería estar solo un rato para meditar sobre lo que había ocurrido y decidir qué hacer. Estaba desesperado: El fantasma se le había aparecido tal y como prometió, y la cuestión era dónde se lo volvería a encontrar. Ahora sabía que Barbarroja quería matarlo y no dejaría de acecharle hasta salirse con la suya. Se apretó la cabeza con las manos. Si al menos pudiera marcharse de este lugar... Pero sabía que no podía hacerlo. ¿Adónde iba a ir? Su madre no lo quería con ella en estos momentos. ¿Y su padre...? ¿Dónde estaría su padre? Ni siquiera lo sabía. «Algo espantoso está pasando en casa», pensó con tristeza. No, no había ninguna solución.

Miró por la ventana a la lluvia, que seguía cayendo con monotonía. «Vaya clima», pensó, y recordó sus botas. Las cogió y palpó el interior: estaban empapadas. Echó un vistazo a su alrededor, pero por allí no había periódicos, seguramente los habría en el cuarto de secado.

Con las botas en la mano, Neil salió al corredor y bajó las escaleras; el cuarto de secado estaba al final de otro pasillo que pasaba por delante de la puerta de la cocina. Abrió la puerta del cuarto y el calor le aturdió. Procedía de la inmensa caldera que abastecía todo el hotel. Era ésta un enorme cilindro que zumbaba y borboteaba. Había una montaña de periódicos viejos apoyados en una gruesa tubería. Cogió el primero que encontró y empezó a arrancar páginas y a arrugarlas formando pelotas que luego metía en las botas.

El calor era sofocante. Se volvió y abrió la puerta. Una corriente de aire frío procedente del corredor inundó la habitación. ¡Ah!, eso estaba mucho mejor. Ya se disponía a proseguir su trabajo, cuando oyó voces que venían de la cocina:

—Lo siento mamá, pero estoy harta de cuidar de él.

Era Elsbeth. ¿De quién estaría hablando? Neil se puso a escuchar.

—Ya sé que es un poco raro pero tienes que tener paciencia con él.

Esta vez era tía Ellen.

—¡Que tenga paciencia! De veras, mamá, la he tenido, pero hoy ya ha sido demasiado.

Neil se dio cuenta de que hablaban de él. Se quedó pegado a la pared, sujetando la puerta entreabierta con el pie. Apenas se atrevía a respirar para no perderse nada de la conversación. Elsbeth hablaba de nuevo:

—Mamá, estaba aterrorizado de subir a Eagle Rock y entonces fingió haber visto algo y dijo que por eso perdió el equilibrio. ¡Mira que creerse que me lo tragaría! ¡Bah, es un cobarde y nada más!

—No digas eso, Elsbeth. No se puede juzgar así a la gente. Tú no sabes lo difícil que debe ser para él venir aquí y adaptarse a otra familia como uno más. Si tú tuvieras que ir a vivir a Londres durante un par de semanas te sentirías mal, ¿no?

—De todos modos no tendría miedo y, de tenerlo, no lo demostraría. Hoy, en Ben Dubh, ha estado a punto de llorar como un bebé.

Hubo una pausa. Neil, rojo de vergüenza, tragó saliva. Así que eso era lo que su prima pensaba de él. No deseaba escuchar nada más, pero no conseguía apartarse de la puerta. Ahora hablaba su tía otra vez:

—Elsbeth, te voy a contar algo pero quiero que no se lo digas a nadie y menos aún a Neil. ¿Me lo prometes?

—Sí —contestó su prima con voz más amable—. ¿De qué se trata?

—Es sobre los padres de Neil, tía Meg y tío Colin. ¿Sabes que desde hace tiempo no se llevan muy bien? Hasta ahora habían seguido juntos por el chico, aunque no eran felices, pero ahora Colin ha dejado a Meg y se ha ido a vivir con otra mujer. Dice que quiere rehacer su vida.

—¡Qué horror! ¿Lo sabe Neil?

—No, porque todo esto acaba de ocurrir. Me lo cuenta Meg en la carta que recibí ayer. No debes decirle nada, aunque estoy segura de que sospecha que pasa algo. Meg dice que lo mandó aquí para mantenerlo alejado este verano mientras ella buscaba otra casa para los dos.

—Pobre Neil. No me extraña que esté triste. Siento haber hablado así de él, de veras mamá.

—Bueno, pues recuerda lo que te he contado y sé un poco más amable con él de ahora en adelante.

—Claro que sí.

—Bien, pero no te olvides. Ni una palabra de esto a Neil ni a nadie.

—Te lo prometo.

—Y ahora, por amor de Dios, cierra la puerta. La corriente del pasillo me está dejando helada.

Se cerró la puerta de la cocina y las voces se convirtieron en un débil murmullo.

Neil se dejó resbalar por la pared hasta el suelo y, apretando fuertemente las rodillas con las manos, apoyó en ellas la barbilla.

Se mordió los labios para reprimir las lágrimas que se le agolpaban en los ojos. Al final no pudo retenerlas. Bruscamente su cuerpo se vio sacudido por los sollozos. Las lágrimas brotaban de sus ojos y resbalaban por sus mejillas. Levantó la cabeza y gimió como un animal herido. Tras él, la caldera borbollaba acompasando sus sollozos, redoblando como un tambor y haciendo temblar las paredes del cuartito.

10 De pesca con tío Donald

HACÍA un día estupendo. Desde el césped verde y corto de la superficie del acantilado, Neil miraba el mar. En las grietas rocosas del borde crecían pequeñas matas de flores rosadas. Era alto el precipicio y caía directamente a unas aguas grises como el plomo; las olas azotaban su base continuamente. Pájaros marinos revoloteaban graznando alrededor de sus nidos, instalados en los estrechos salientes de la pared del acantilado. Neil miraba fascinado el poder de las olas que rompían rodando contra las rocas de la base. Un saliente rocoso, a unos treinta metros por debajo de él, atraía particularmente su atención. Era largo y un poco más ancho que los otros, y se levantaba a unos pocos metros del agua. Hileras de pájaros blanquinegros se alineaban sobre él, retrocediendo cuando alguna ola lo cubría. Mientras lo miraba, un gran pájaro blanco voló hacia él granzando enojado; Neil, agachándose, se apartó un poco para evitar el choque. Cuando volvió a mirar el saliente vio a un hombre en él. Era imposible que hubiera bajado hasta allí desde lo alto del acantilado y, menos aún, que hubiese llegado nadando en un mar tan embravecido como aquél. Primero el saliente estaba vacío y, *de repente, Barbarroja aparecía allí nítidamente dibujado a la luz del sol. Sí, el fantasma estaba allí de pie sin moverse, con las manos cruzadas sobre la capa, mirándole. Horrorizado, Neil devolvió la mirada. El rostro de Barbarroja parecía hacerse mayor cada vez, como en una película en la que la cámara se aproximara al actor hasta que sólo su cara llenase la pantalla. Sin embargo, las marcadas facciones de Barbarroja no se hacían más claras a medida que crecían, sino que parecían vibrar, disolverse y cambiar. El chico pestañeó y fijó la vista. ¿Qué estaba ocurriendo? Gradualmente la imagen se hizo más nítida y clara, pero, al hacerlo, el terror se apoderó de Neil que, jadeando, cayó de rodillas sobre la hierba. El rostro que veía no era el de la cueva ni el de la montaña. Presa de horror, Neil vio el rostro de su padre que lo miraba enojado desde el soleado saliente bañado por el mar a treinta metros por debajo de él.*

Se sentó erguido en la cama con el rostro bañado en sudor. Miraba sin ver las cortinas de su cuarto, preso aún por el terror de la pesadilla. No podía creer lo que había visto. ¡Su padre! ¿Era él quién amenazaba su vida? Pero era imposible, ¿o no? Completamente despierto ya, Neil pensó en su padre.

Se dio cuenta de que lo odiaba. No sólo por marcharse de casa abandonándolos a su madre y a él. Sintió que siempre lo había odiado por su frialdad y su sarcasmo, por la forma en que criticaba su pereza y lo mal que iba en la escuela y por no saber lo que quería hacer. Sabía que lo había defraudado aunque él no tenía la culpa. No era justo cargarle con ella, porque había intentado con todas sus fuerzas mejorar en la escuela, pero no conseguía interesarse por lo que le enseñaban.

Miró la hora: las cinco. Estaba cansado pero no se atrevía a cerrar los ojos por si volvía la pesadilla. Buscó una revista que se había traído y empezó a leer, mas las líneas comenzaron a borrarse en seguida; la revista resbaló de sus manos y cayó al suelo. Aún temía dormirse e intentó luchar contra el sueño, pero lo primero que oyó fue el sonido profundo y bajo del gong del hotel llamándolo a desayunar.

En los días que siguieron no vio mucho a su prima. De todas formas él también la estaba evitando. Aquella mañana, tío Donald anunció en el desayuno que se iba de pesca a Loch Duart, uno de los lagos más pequeños al norte de Ardberg. ¿Quería Neil acompañarle? Tendrían que acampar una noche junto al lago. ¿Le gustaría?

Neil se sintió encantado de salir de Ardberg y así, a eso de las diez de la mañana, tío Donald y él llenaron la vieja furgoneta azul del hotel con el equipo de pesca y los útiles para acampar y partieron por la carretera que iba hacia el norte pasando por Loch Ard.

Los dos días que Neil pasó con su tío fueron inolvidables y perduraron en su mente durante mucho tiempo después de su visita a Ardberg. Brillaba el sol, y las colinas y los ríos lanzaban destellos al paso del coche. Llegaron al lago a las doce y montaron la tienda en la orilla. Tío Donald sacó las cañas de pescar y las armó poniéndoles carrete y sedal. Debían tener unos tres metros cada una. Luego, abrió una cajita.

Neil contuvo el aliento: estaba llena de anzuelos decorados con plumas de todos los colores: azules, oro y plata brillantes, rojos, amarillos y marrones; nunca había visto nada igual. Tío Donald sonrió.

—Son bonitas, ¿verdad? Se llaman «moscas». Las hago yo mismo, ¿sabes? He probado las que venden, pero me parece que las truchas de los Highlands prefieren las mías.

Miró al cielo.

—Y ahora, vamos a enseñarles a los peces algo grande y brillante —dijo, escogiendo un par de relucientes moscas amarillas y rojas, y atándolas a los sedales. Luego le dio a Neil su caña.

—Dime, Neil, ¿has pescado alguna vez?

El chico contestó de mala gana:

—Una vez que fuimos de vacaciones a Cornwall, pero no tenía caña sino un hilo enrollado en un corcho. Utilizábamos moluscos y cosas así como cebo y dejábamos caer el hilo desde el borde del muelle.

Tío Donald rió de buena gana:

—Aquí no pescarías mucho así. Nosotros lo hacemos de otra forma. Tu mírame y te enseñaré a lanzar la caña para pescar truchas.

Neil observó cómo echaba la caña hacia atrás y luego, rápidamente, hacia delante con todo el cuerpo inclinado también en esa dirección, dejando que hilo y anzuelo se hundieran lentamente, como una pluma en la superficie tranquila de las aguas. Su tío continuó:

—Deja que la mosca se hunda un metro más o menos en el agua y entonces lentamente, levántala... y bájala... y levántala otra vez. No debes moverla bruscamente porque espantarías la pesca. Hazlo con suavidad... Prueba tú ahora.

Parecía fácil cuando lo había hecho su tío, pero en seguida se dio cuenta de que no era así. Su tío, sin embargo, no perdía la paciencia y le indicaba lo que hacía mal sin criticarle. Poco a poco fue logrando mayor soltura al lanzar la caña hasta que al final consiguió sumergir la mosca en el agua sin apenas una onda que rompiera la superficie.

—Así se hace, Neil —aprobó tío Donald—. No está mal, no está nada mal. Ahora vamos a pescar un poco.

Pescaron juntos en silencio durante casi una hora sin coger nada. No hablaban, pero Neil se sentía feliz de poder estar junto a la figura grande y sólida de su tío. Después de algún tiempo, tío Donald dijo que iba a probar suerte un poco más arriba.

—Allí hay una mata de juncos que promete. Tú quédate aquí un rato más. Aunque no estamos en la mejor época del año para pescar truchas, quizás tengas suerte.

A Neil no le importó quedarse donde estaba. Hacía calor ya. Sacó el sedal del agua y se refugió a la sombra de unos árboles; desde allí lanzó el anzuelo como su tío le había enseñado, levantándolo y bajándolo para elevarlo de nuevo. Los lentos movimientos del ritual le producían una gran satisfacción.

Mientras pescaba, iba pensando en su tío. Le gustaban mucho su tranquilidad y sosiego; era hombre de pocas palabras pero cuando hablaba decía cosas interesantes. Era una persona formal y digna de confianza con la que siempre se sabía a qué atenerse. Neil se sintió un poco soñoliento por el calor y cansado por la noche en vela. Intentó mantener los ojos abiertos, y estaba a punto de quedarse dormido cuando un tirón al final del hilo lo despertó completamente. Sujetó con fuerza la caña para evitar que se le escurriera y tiró del final del hilo en la dirección contraria al peso. Excitado, llamó a su tío:

—¡Oye! ¡He pescado algo! ¡Algo grande!

Su tío se volvió y lo observó.

—A lo mejor es una bota vieja —contestó.

—No, no puede ser. Pesa demasiado.

—Enrolla el hilo y lo veremos. ¡Enróllalo!

Neil recogió rápidamente el carrete pero el final del hilo todavía pesaba. Entonces tiró con todas sus fuerzas y un ser plateado y reluciente rompió la lisa superficie del lago. No era una bota, sino un pez brillante que se retorcía.

—¡Buen chico, Neil! —bramó tío Donald mientras corría hacia él. ¡Qué preciosidad! Voy a echarte una mano con la red.

El muchacho sacó el pez del agua hasta situarlo, retorciéndose y sacudiéndose, sobre la red de su tío. Tío Donald lo agarró fuertemente y le quitó el anzuelo de la boca.

—¿Es una trucha?

—Sí que lo es, Neil, y debe pesar kilo y medio más o menos. Vamos a cenar bien esta noche los dos.

Así fue. Mientras Neil recogía leña, su tío preparó una hoguera con piedras de la orilla del lago y, en poco tiempo, tuvieron listo un buen fuego para hacer la cena. Para entonces, tío Donald ya había pescado un par de truchas más pequeñas que también asaron junto a la del chico. Nunca había probado un pescado igual, tan fresco y tierno, sazonado con el sutil aroma del humo de la hoguera. El aire fresco le había abierto el apetito y se comió casi toda la trucha que había pescado, hasta quedar saciado.

—Tío, lo siento pero no creo que pueda terminarlo. Es demasiado. ¿Lo quieres tú?

—Bueno, pásamelo, Neil —contestó su tío y añadió al probar el primer bocado—: ¡Ah! Tiene una carne exquisita, quién sabe si no haremos de ti un gran pescador, ¿eh?

—Lo he pasado muy bien pescando —contestó el chico—. Gracias por enseñarme.

—¡Bah! No ha sido nada. En seguida lo has cogido. No he tenido que enseñarte demasiado.

—Sí que lo has hecho —insistió Neil—. Me gustaría que mi padre me enseñara cosas así.

Aunque sin querer, sus palabras resultaron amargas y se arrepintió de haberlas dicho: su tío pensaría que no estaba bien criticar así a su padre.

Pero tío Donald no dijo nada, ni siquiera lo miró. No

parecía haberle oído. Seguía inclinado sobre el plato rebañando las últimas migajas de trucha con su tenedor y cuchillo.

—Un gran pescado, Neil —dijo sacudiéndose algunos restos que se le habían pegado al bigote—. Me ha encantado.

Después, se tumbaron a disfrutar de la puesta de sol sobre el lago. La paz era total. Tío Donald dio unas chupadas a la pipa y luego, retirándola de los labios, le miró atentamente y dijo:

—¿Has tenido noticias de tu madre, Neil?

—No.

—Y ¿de tu padre?

—Tampoco. Pero es un poco pronto, ¿no? Sólo llevo aquí unos días y, de todas formas, mi padre no suele escribir cuando sale de viaje.

—¿Adónde ha ido esta vez? ¿A París de nuevo?

—No lo sé —contestó Neil secamente. No quería que su voz dejase traslucir el dolor que sentía y añadió—: Quiero decir que no estoy muy seguro de adónde ha ido, no me lo dijo.

Eso estaba mucho mejor aunque sabía que no había logrado ocultar del todo sus sentimientos. Tío Donald dio otra chupada a la pipa y, observando la puesta de sol, le dijo:

—Sabes, Neil, siempre he admirado a tu padre. El sí que tuvo una juventud difícil. Quería ser abogado, ¿sabes? —hizo una pausa y se rió entre dientes—. Era un gran discutidor, tu padre, y un chaval muy inteligente. Pero entonces murió su padre, y tu abuela no podía permitirse el lujo de que continuara estudiando. Tenía poco dinero y muchas bocas que alimentar —suspiró—. Tu padre era el mayor de seis hermanos y se tuvo que colocar en una fábrica para mantener al resto de la familia. Trabajaba diez horas diarias y, sin embargo, nunca dejó de estudiar —tío Donald sonrió de nuevo—. Recuerdo que Ellen me decía que Colin siempre estaba enfrascado en la lectura de algún libro; y nunca de aventuras, no; siempre era algún manual de economía, contabilidad o alguna cosa parecida. Sí, sí, tu padre se ha hecho a sí mismo, y nadie lo puede negar —tío Donald movió la cabeza en señal de admiración—. ¡Vaya si tuvo que trabajar tu padre! Pero míralo ahora, ahora es un hombre de negocios importante que viaja por todo el mundo. Ha conseguido el éxito para sí y su familia. Eso es una gran cosa.

Su tío lo miró, esperando quizás que dijera algo, pero Neil tenía los labios apretados y miraba fijamente al lago. Conocía la historia de las privaciones de su padre. La había oído con frecuencia y sabía que había luchado denodadamente para llegar a donde estaba. «Pero, no lo hizo por mí —pensaba Neil—; lo hizo para satisfacerse a sí mismo, para probarse que valía tanto como cualquiera que hubiese recibido una buena educación». Bueno, pues lo había conseguido: tenía una casa bonita, un trabajo importante y un coche ostentoso. Sin embargo, no era feliz. El muchacho lo sabía y a pesar de ello no era capaz de sentir simpatía por él. Tal vez, si no dedicase tanto tiempo a conseguir éxitos y disfrutara un poco más de lo que tenía, quizá entonces sería más fácil convivir con él; como con el tío Donald.

—No juzgues con dureza a tu padre, Neil —le dijo su tío suavemente mientras apoyaba su mano áspera en el hombro del muchacho—. Cualquier cosa que diga o haga, siempre busca lo mejor para ti. Sé que te quiere mucho.

«Bueno pues tiene una forma muy rara de demostrarlo —pensó Neil con amargura—. Yo no llamaría amor a dejarnos a mamá y a mí por otra mujer.»

Pero no podía contarle nada de esto a su tío, y continuó sentado, mirando con tristeza las brasas del fuego. El silencio los envolvía a los dos. Si tío Donald había esperado una respuesta, no obtuvo ninguna y, finalmente, apartó la pipa de los labios e, inclinándose hacia adelante, dio unos golpecitos con la cazoleta en una piedra y se puso en pie mientras le decía:

—Vamos, Neil. Apaguemos el fuego y vayamos a dormir. Mañana tenemos que madrugar si queremos pescar suficientes truchas para cenar en Ardberg.

Neil sabía que a su tío le había desilusionado que no le hablara, pero no podía hacer otra cosa. Le ayudó a apagar la hoguera y a lavar los platos y luego, metiéndose en el saco, se durmió profundamente sin soñar nada.

Al día siguiente, el sol salió y comenzó otra magnífica mañana. Los dos excursionistas estaban de muy buen humor y pescaron seis truchas grandes, lo suficiente para cenar toda la familia en el hotel. Por la tarde, al volver en la furgoneta por la orilla de Loch Ard, Neil pensaba que le hubiera gustado prolongar la acampada. Le había entusiasmado la pesca.

Proporcionaba paz y tranquilidad, no era nada aburrido como pensaba antes. Se podía echar la caña y ver cómo flotaba el hilo en la superficie del agua para hundirse lentamente un poco más tarde. Y luego, esperar a que el pez mordiera el anzuelo. Sí, pescando se disponía de tiempo para dejar vagar los pensamientos como el sedal en la superficie del agua. Miró por la ventanilla y una idea curiosa cruzó por su imaginación: ni una sola vez había pensado en el fantasma de Ben Dubh. ¿No era extraño?

—Mira —le dijo su tío señalando hacia delante a un grupo de edificios rodeado de árboles oscuros—; ahí está Ardberg.

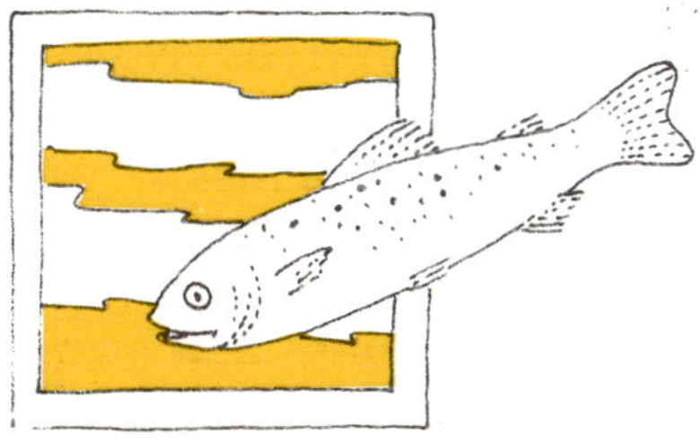

11 Neil y Elsbeth se hacen amigos

EN Ardberg le esperaba una carta de su madre. Alegre y afectuosa, apenas mencionaba a su padre, salvo en la posdata, en la que le comunicaba que el viaje de negocios iba a durar más de lo previsto. «Pues claro», pensó Neil. Sin embargo, su madre sí mencionaba que estaban pensando —nada más que «pensando»— en mudarse a una casa más pequeña, tal vez a un piso. «No creo que necesitemos tanto espacio ya —le decía—, y una casa más pequeña nos convendría más.»

¿Convenir a quién? ¿A quién se creía que engañaba? Pensó con resentimiento que los padres nunca decían la verdad. Arrugó la carta y la tiró a la papelera. «Me da igual —pensó—. Que hagan lo que quieran. Con que me dejaran en paz, ya tendría suficiente.»

En realidad, la vida en Ardberg no era tan mala como temiera en un principio. Empezaba a estar más tranquilo, a ajustarse al ritmo de vida más lento de los Highlands. Ya no echaba de menos las posibilidades que Londres ofrecía. Cuando intentó imaginarse junto a sus amigos en el club, se encontró con la sorpresa de que no podía hacerlo. Nunca había hecho nada más que sentarse a charlar de los mismos aburridos temas una y otra vez. Parecía que nunca hacían nada, mientras que en Ardberg cada día surgía algo nuevo que hacer y aprender.

La excursión con tío Donald le había hecho sentirse más a gusto. El tiempo también acompañaba. Día tras día, un sol cálido iluminaba los espectaculares lagos y las montañas. En el hotel había ahora mucho trabajo, porque era temporada alta y sus tíos estaban muy ocupados. No tenían tiempo de preocuparse de Neil y éste lo prefería así. Mientras durase la temporada de verano, podría salir cada mañana de excursión con la mochila llena de bocadillos y un termo de café, y explorar los valles, las colinas y los ríos de los alrededores.

Elsbeth solía acompañarle. Neil sabía, por la conversación que había oído entre su prima y tía Ellen, que aquélla sería amabilísima con él para compensar el haberle creído un cobarde y, en enfecto, se portaba amablemente, pero este punto no le importaba ya. Se llevaban bien.

Un día Elsbeth observó atentamente cómo se metía hasta las rodillas en el arroyo de Ardberg lanzando cuidadosamente la caña y dejando que la mosca se hundiera con suavidad en el agua. Algo pegó un tirón del sedal. Neil lo tensó y comenzó a enrollarlo. Una preciosa trucha se retorcía intentando librarse del anzuelo. El chico se lo quitó y la colocó junto a otros peces en la cesta. Volviéndose, miró a Elsbeth y le sonrió tímidamente. Sabía que le había estado observando.

—Hoy es mi día de suerte ¿verdad?

—No se trata de suerte y lo sabes, Neil —respondió su prima—. Mi padre tenía razón. Sabes esperar el momento preciso. Tienes un don para la pesca. No todo el mundo tiene la paciencia necesaria, ¿sabes?

Se sentía feliz porque sabía que Elsbeth tenía razón. Se daba maña para pescar y era fenomenal saber que había algo que se le daba bien, algo que personas como tío Donald valoraban.

Otro día de mucho calor, se fueron al extremo sur del lago —el lugar favorito de su prima—, donde una península de arena se adentraba en el agua. En otro tiempo, debió de haber allí un edificio del que sólo quedaba en pie una pared que se erguía entre una multitud de piedras diseminadas aquí y allá. Se pusieron los bañadores y se metieron al agua. Estaba tan fría, que Neil al entrar contuvo el aliento pero pronto, ocupado en bucear y salpicar a Elsbeth, se olvidó de ello. ¡Qué estupendo era vivir en un día como aquél! Después, se secaron con las toallas y se echaron sobre la hierba, calentándose al sol. Su prima le preguntó si sabía algo de las ruinas.

—Estando aquí, junto al lago, supongo que serán parte de un viejo castillo —contestó y preguntó tímidamente—. ¿No construían los castillos a la orilla de algún lago?

—Sí, llevas razón —asintió Elsbeth—. La verdad es que perteneció al clan de los Fraser, el más rico y poderoso de esta zona. El castillo de Drumrunie fue el más bello de esta parte de los Highlands.

—¿Y de dónde sacaban el dinero? —bromeó Neil— ¿Robando ovejas?

Su prima le respondió con frialdad:

—No creas que los habitantes de los Highlands eran salvajes entonces. Es más, ahora tampoco lo somos.

—Vamos, no seas tan quisquillosa. Sólo bromeaba. ¿Es que no tienes sentido del humor?

—No ha tenido mucha gracia, Neil. Sé lo que piensas: Tu crees que somos estúpidos y atrasados comparados con tus inteligentes amigos de Londres y te ríes a nuestras espaldas.

—Eso no es verdad, Elsbeth —le dijo Neil con calma—. Quizás fuera eso lo que esperaba antes de venir, pero ahora no lo creo así. De veras, he aprendido un montón de cosas aquí... Especialmente de ti.

—¡Bah! Yo...

Neil la interrumpió.

—Lo digo en serio. Estoy seguro de que al principio me consideraste un idiota total y no te culpo. Quiero decir, que aquel día en Ben Dubh cuando tuve mie..., bueno, cuando no quise subir a Eagle Rock.

Elsbeth se encogió de hombros incómoda y frunció el ceño:

—Eso es una tontería. En la montaña todo el mundo tiene miedo alguna vez.

—Todos menos tú, ¿no? —le contestó con aspereza al recordar la conversación entre ella y su madre.

Elsbeth levantó la mirada con aire culpable como si ella también recordara lo que había dicho de Neil.

—Sabes —dijo el chico y su corazón comenzó a latir con fuerza al recordar aquel día espantoso—; no fue sólo la montaña y la altura las que me asustaron. Creí ver a alguien en Ben Dubh aquel día.

—Pero si no había nadie más.

—Sí que lo había, pero..., pero tú no podías verlo porque —Neil dudó pero tenía que decírselo—, porque era un fantasma.

Entonces le contó toda la historia de Barbarroja. No había tenido intención de hacerlo, pero, cuando empezó, no fue capaz de parar. Le habló de las pesadillas y de los encuentros en la cueva y en Ben Dubh y de cómo el fantasma había fingido empujarla en Eagle Rock, riéndose de él cuando intentaba trepar el último tramo. No sabía si Elsbeth le creía. En realidad no esperaba que nadie creyera su historia, siendo tan fantástica. Pero necesitaba contársela a alguien y quitarse ese peso de encima. Elsbeth era dueña de pensar lo que quisiera, lo importante era hablar de ello. Su prima le escuchó sin interrumpirle y, cuando terminó, guardó silencio.

—Bueno, ¿qué piensas? —preguntó Neil—. ¿Estoy loco o qué?

—No, Neil. Ya he oído antes esa historia y, además, el fantasma nos es conocido a los Macleod. Mi madre me ha hablado de él, pero dicen que sólo se aparece a los que tienen algún problema. ¿Tú tienes problemas, Neil?

Era la misma pregunta que le había hecho tía Ellen.

Al principio, no quiso hablarle de los temores que albergaba sobre sus padres porque no deseaba admitir que se sentía responsable de su separación. Sin embargo, había algo en los tranquilos ojos azules de Elsbeth que le impulsaba a hablar. Sentía que podía confiarle sus secretos y que ella no se reiría ni lo encontraría ridículo y, de nuevo, experimentó la irresistible necesidad de contárselo a alguien, de hablar de ello y sacar todo el asunto a la luz para ver si era real.

—No soy yo quien tiene problemas, sino mis padres. Llevan años sin aguantarse, siempre discutiendo y gritándose el uno al otro. No se parecen en nada a los tuyos, que nunca se pelean. Desde siempre ha sido así, pero últimamente la situación ha empeorado y yo tengo la culpa en gran parte. Siempre se pelean por mí. Mi padre quiere que siga estudiando porque él no tuvo oportunidad de hacerlo. Para él eso lo es todo. ¡Como si hoy en día fuera tan importante! Quiero decir que ¿de qué sirve?, al terminar nadie te asegura que vayas a conseguir trabajo.

—Pero para tu padre es importante justamente porque él no pudo hacerlo.

Neil gimió:

—Eso es lo que él dice pero, por favor, no te pongas de su parte.

—Lo siento, sólo intento comprender su punto de vista —hizo una pausa para continuar—. ¿Qué dice tu madre de todo esto?

—Normalmente se pone de mi parte.

—Entonces no estás tan mal. Por lo menos tienes un aliado.

—No, no lo comprendes. Ella me apoya sólo para llevarle la contraria a mi padre. ¿No lo ves? Me utilizan para enfrentarse. Es como si estuvieran jugando al tenis y yo fuera la pelota —Neil dejó de hablar, se tumbó boca abajo, apoyando la barbilla en el puño derecho—. Sólo que ahora ya no juegan más, porque el partido ha terminado.

Elsbeth frunció el ceño:

—¿Qué quieres decir?

Neil sabía que ella conocía el final de la historia. Recordó la conversación que había escuchado desde el cuarto de secado. Tenía la boca seca y su corazón latía aceleradamente. Intentó evitar que le temblase la voz:

—Se supone que mi padre está en viaje de negocios, por eso no nos fuimos de vacaciones todos juntos y por eso estoy aquí.

Sintió que los ojos se le llenaban de lágrimas e intentó con todas sus fuerzas no llorar.

—Pero yo no me lo creo. Se ha ido, dejándonos a mamá y a mí. Se ha ido con otra mujer y yo tengo la culpa. ¡Sí, lo sé! ¡Lo sé! Apretó la cabeza contra la hierba fresca golpeando el suelo con el puño derecho mientras todo su cuerpo se estremecía en sollozos. Elsbeth lo miró un instante y luego apoyó la mano en su hombro apretándoselo con cariño. Su mano era suave, muy diferente de la áspera manaza de su padre. No dijo nada hasta que él dejó de llorar, tumbado junto a ella, oculto el rostro entre sus brazos.

—Escúchame, Neil —le dijo al fin—. En realidad no tienes certeza de que tu padre se haya ido de casa, sólo lo supones, ¿no? Pero incluso si lo ha hecho no debes echarte la culpa porque no sirve de nada. Dices que tus padres nunca se llevaron bien, ¿no es verdad?

—Sí —repondió Neil de mala gana.

—Y que te utilizan como excusa para pelearse.

Neil asintió en silencio.

—Bueno, pues entonces no eres tú el culpable de sus peleas y, probablemente, éstas no tengan nada que ver contigo. Quizá tus padres no estén hechos el uno para el otro y, ahora que ya eres mayor, tu padre ha visto su oportunidad para dejarlo antes de que sea demasiado tarde —se paró como pensando y luego preguntó—: ¿Qué edad tiene tu padre?

Neil pensó un momento antes de responder:

—Exactamente no lo sé. Alrededor de cuarenta, supongo.

—¿Y cuántos años llevan casados?

—Tampoco lo sé. Deben de llevar unos diecisiete o dieciocho, me imagino.

—Deben de estar cansados de la rutina —concluyó Elsbeth—. Probablemente tu padre está inquieto y cree que ésta es su última oportunidad antes de hacerse demasiado viejo.

—¿Cómo demonios sabes todo eso? —le preguntó Neil.

—No sé, seguramente lo habré leído en algún sitio

—de repente se echó a reír—. Por aquí también leemos, ¿sabes? Es decir, cuando no estamos robando ovejas.

—Sí, ya sé, pero lo dices como si dominaras el tema.

—Vamos, Neil, esto lo sabe cualquiera.

El muchacho se incorporó. Parecía muy lógico, pero... Sacudió la cabeza.

—Bueno, nunca lo había enfocado así.

—Eso es porque sólo piensas en ti mismo —repondió Elsbeth con dulzura—. Quieres echarte toda la culpa, quizás por orgullo, ¿no? «Lo hicieron por mi culpa.» Pero no es así; el resto de la gente, y especialmente los padres, tienen sus propios sentimientos e ideas. A veces me gustaría saber lo que los míos están pensando; pero de una cosa estoy segura.

—¿De qué?

—De que probablemente tus padres no se preocupan por ti tanto como te imaginas.

—Sí, tal vez tengas razón —respondió Neil despacio y no muy convencido—. Pero Elsbeth, mi padre...

—Por Dios, Neil, deja ya de hablar de tu padre y vamos a bañarnos. Me estoy quedando más tiesa que un palo por estar aquí charlando. ¡Venga! ¡A que no me coges!

Salió corriendo hacia el lago. Neil hubiera deseado pensar un poco más en lo que su prima le había dicho, pero, en vez de hacerlo, se levantó y la siguió, sintiéndose increíblemente ligero. Era como si no tuviera de qué preocuparse en un día tan estupendo, en un lugar tan magnífico y con una prima tan sorprendente como la que tenía.

Así, durante media hora no se habló para nada de sus preocupaciones. Estaban demasiado ocupados riéndose y jugando en las claras aguas azules del lago, mientras el sol, poco a poco, descendía por el cielo hasta el océano. Tanto tiempo estuvieron en el agua, que se quedaron fríos y, finalmente, cuando se decidieron a salir, tuvieron que frotarse el cuerpo con las toallas para reaccionar. Se estaban poniendo los vaqueros cuando Neil percibió una delgada sombra gris moviéndose sobre la superficie del lago.

—¡Mira qué pájaro! —gritó a Elsbeth.

—Sí, es muy bonito. ¿Sabes cómo se llama?

Ya habían visto un pájaro de la misma especie con anterioridad. Neil repasó sus conocimientos intentando recordar el nombre y, finalmente, preguntó:

—¿Es una garza real?

—¡Eso es! Una preciosa garza gris —asintió su prima.

—Me encantan los pájaros, su libertad, cómo vuelan —dijo él de repente, dándose cuenta por primera vez—. Me alegro de que me hayas enseñado cosas sobre ellos. En cierto modo son tan... no sé... tan ágiles... Están en el aire como en su casa. Son fabulosos.

—Bueno, pues si lo que te gusta son los pájaros, sé

de un sitio que te interesará mucho. Hay fulmares, araos... En fin, toda clase de gaviotas y fumareles.

Neil reía de buena gana:

—Es la primera vez que oigo hablar de esos pájaros, pero suena muy bien. ¿Dónde está ese lugar?

—En la costa, no muy lejos de aquí. Se llama Storr Head y estamos en la mejor época del año para visitarlo, porque ahora miles de pájaros marinos anidan en el acantilado y, yendo con cuidado, se puede uno acercar bastante para observarlos. Es algo asombroso, seguro que te gustará. Si continúa el buen tiempo, podremos ir mañana.

—Estupendo —contestó Neil.

Pero su alegría se empañó un tanto: había algo en lo que Elsbeth le había contado que le preocupaba, algo sobre... Pero no lo recordaba. Sacudió la cabeza. «No importa», se dijo. Miró por última vez el lago que brillaba al sol de la tarde y se volvió hacia Elsbeth sonriendo; y, cogidos de la mano, regresaron juntos a Ardberg.

12 La excursión a Storr Head

EL tiempo no varió y pudieron ir de excursión a Storr Head. Elsbeth le había mostrado dónde estaba en el mapa grande de la sala de estar del hotel: La península de Storr se adentraba en el mar como una flecha de la que Storr Head era justo la punta. Elsbeth le explicó que era allí donde anidaban los pájaros. Observando el mapa, Neil señaló una forma blanca en el mar, justo frente a Storr Head. Estaba marcada como «El Viejo de Storr».

—¿Quién es el Viejo de Storr? —preguntó.

—No es ningún hombre, tonto —río su prima—, sino un pináculo rocoso que se eleva en el agua. Hace miles de años debió de ser parte de la tierra firme, pero el mar ha erosionado la parte de roca que lo unía a los acantilados. Tendrá unos treinta metros de altura y parece una torre blanca que surge del mar. Cuando vayamos te lo enseñaré.

Había un faro en Culmore del que partía el sendero que bordeaba Storr Head. Por la mañana, tío Donald los llevó hasta allí en la furgoneta, prometiendo recogerlos en el mismo lugar al atardecer. El camino bordeaba la península hasta una bahía de arena llamada Achnessie. El plan era parar allí para comer y, tal vez, bañarse, y luego atajar por el páramo hasta Culmore, donde se reunirían con tío Donald.

—Que paséis un buen día —les deseó su tío entrando de nuevo en la furgoneta—, y que encontréis muchos pájaros. A lo mejor veis algún frailecillo, porque ahora es el tiempo.

—Lo intentaremos, papá —contestó Elsbeth.

—Neil, quizás cuando vuelvas haya una sorpresa para ti.

—¿Una sorpresa? ¿Qué clase de sorpresa? —quiso saber el chico.

—¡Ah! Si te lo digo, ya no será sorpresa, ¿eh? Tendrás que esperar a esta tarde. ¡Hasta la vista!

Tío Donald se metió en la furgoneta, cerró la puerta y la puso en marcha antes de que su sobrino pudiera preguntarle nada más.

—¿A qué crees que se refería? —preguntó a Elsbeth, mientras que con la mochila a cuestas comenzaban a andar por la península— ¿Lo sabes?

—No tengo ni idea —le respondió su prima—, pero no nos preocupemos de eso ahora. Ya lo averiguarás cuando volvamos. ¡Venga! No perdamos más tiempo.

Y empezaron a andar por el sendero que bordeaba el acantilado, atravesando una extensa pradera verde. Neil estaba asombrado por la suerte que tenía al disfrutar de un tiempo como éste en los Highlands. Sabía que no era normalmente tan bueno. El cielo estaba azul y el sol les calentaba la espalda mientras una fuerte brisa soplaba del mar. Tras unos minutos, se quitó el jersey, lo metió en la mochila entre el termo y los bocadillos y se remangó la camisa, satisfecho de ver que tenía ya los brazos morenos a causa del sol y del aire.

El sendero estaba alfombrado por una hierba mullida. A lo lejos, se oían los graznidos de las aves marinas, ocultas tras una ligera elevación del terreno cerca del acantilado. Luego, el camino seguía bordeando la parte superior del precipicio, dejando ver de repente el mar a muchos metros por debajo de ellos: una altísima pared de roca oscura iba a dar directamente al agua y en su base había un tremendo agujero de unos dieciocho metros en el que las olas rompían y retumbaban. Frente a éste, se erguía un pilar rocoso alto y delgado donde las aves anidaban. La peña tenía un color blancuzco causado por los excrementos de sus habitantes.

—¿Es ése el Viejo de Storr? —preguntó Neil.

—Sí —le respondió su prima pensativa—. A veces me pregunto cuánto tiempo seguirá ahí. ¿Ves que la base es más delgada que la parte superior? Un día de estos el mar terminará de horadar la base y el pináculo caerá en pedazos al mar.

—Pues no me importaría nada verlo —observó el chico.

Y Elsbeth le contestó riendo:

—Si te esperas un millón de años más o menos, lo verás. Mientras, vamos a ver los araos. Se parecen a los pingüinos pero son más divertidos, tan serios y pomposos... Deben de estar en el siguiente promontorio.

Siguieron andando. Al principio, el sendero los llevó de nuevo a la pradera, pero pronto viró rumbo a los acantilados otra vez. A medida que se acercaban, el ruido del mar se hacía más fuerte, tronando al chocar contra las rocas de abajo. Llegaron al borde del acantilado y se pusieron a observar una pequeña cueva situada debajo de ellos. Neil retrocedió un poco mientras miraba fascinado cómo las olas entraban rodando y rompían contra la pared del acantilado con un golpe seco que se oía un segundo después. Cerca de donde estaban había un montón de piedras. Neil contuvo el aliento al ver que Elsbeth las sobrepasaba saltando aparentemente al abismo, pero cayendo en realidad sobre un saliente estrecho y herboso que estaba justo debajo. Allí, se tumbó boca abajo y sacó los prismáticos para observar mejor las evoluciones de las aves en el aire.

—¡Ven, Neil! —le invitó—. Tienes sitio aquí también.

—No, gracias. Ya las veré desde aquí —rehusó él.

Y se echó sobre una mata de flores rosadas que habían crecido en la hierba por detrás de las piedras. Le daba miedo mirar hacia abajo, pero a la vez le estremecía la fuerza del mar, su avance irrefrenable y el combate que libraba contra la dura roca. Sin duda, al final, el agua horadaría la base del acantilado lo mismo que había hecho con el Viejo de Storr, erosionándolo de tal manera que caería en mil pedazos al agua. Sería otra batalla ganada por el mar. Pero tardaría cientos, millones de años. ¿Lo vería alguien? —se preguntó Neil mientras admiraba el avance regular de las olas— o, por el contrario, ¿los habitantes de la tierra habrían desaparecido para entonces, destruidos por su propia estupidez, agresividad y ambición?

—¡Oye! Mira los araos de ahí abajo. ¿Los ves?

Un tanto aliviado por el calor del sol y el regular rugido de las olas, Neil salió de sus negros pensamientos y cogió los prismáticos. Elsbeth le estaba señalando un saliente que destacaba más abajo, una especie de reborde que apenas sobresalía del agua. Enfocó los prismáticos: docenas de formas negras corrían a refugiarse del agua. «Deben de ser los araos», pensó.

Mientras miraba el saliente, una idea le cruzó por la imaginación: tenía la extraña sensación de que tanto el saliente como los pájaros y las flores sobre las que estaba tumbado le eran familiares. Era como si ya hubiera estado allí antes, mirando lo que ahora veía y viendo a los pájaros retroceder ante el mar. Y entonces supo lo que ocurriría: sabía que detrás de los pájaros había otra sombra, la de aquella figura singular que vestía una larga capa marrón; la sombra que le acechó en la cueva de Kilmory cuyo rostro airado comenzaba ya a perfilarse a través de los prismáticos. Neil sabía que no podía librarse de la pesadilla de aquel rostro, que primero era de Barbarroja y luego, borrándose y aclarándose de nuevo, se convertía en el del odiado padre que lo había abandonado.

Con un gemido, se puso en pie de un salto y se volvió para escapar precipitadamente de aquel lugar,

pero, al hacerlo, sus pies resbalaron, arrojando una de las piedras al acantilado.

—¡Neil! ¿Qué pasa? ¿Adónde vas...?

Elsbeth no terminó la pregunta. Cuando se incorporaba en el saliente y se volvía para mirar con sorpresa a su primo, una piedra cayó y le dio en un lado de la cara. Sin una palabra, se tambaleó y cayó al mar.

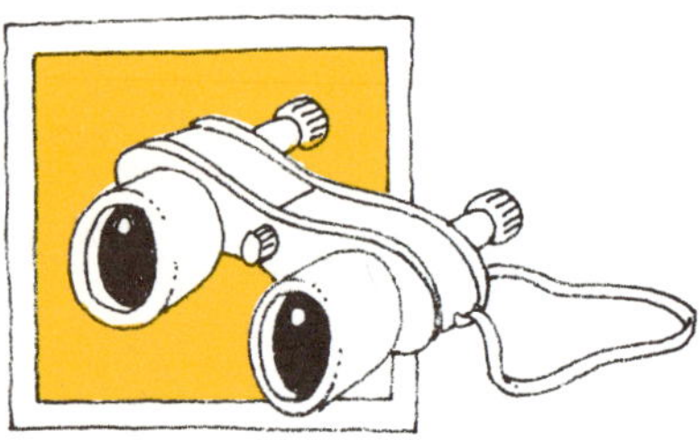

13 El héroe a prueba

NEIL se quedó paralizado y luego cayó de rodillas con un gemido. ¡Oh, Dios! ¡Elsbeth había muerto y él la había matado! No podía creerlo, había sido todo tan rápido: ver al fantasma de nuevo sobre el saliente, su huida precipitada, la caída de la piedra... Todo había ocurrido en un abrir y cerrar de ojos. Pero lo peor había sido la cara de asombro de su prima cuando la piedra la golpeó... Neil no soportaba su recuerdo.

—Yo tengo la culpa de todo —exclamó—. ¿Por qué tuve que venir aquí?

El sonido de su propia voz fue lo que le hizo volver en sí. Tenía que calmarse, pensó; debía trazar un plan. Lo primero era averiguar dónde estaba el cuerpo de Elsbeth, que sin duda se habría hecho pedazos contra las rocas; luego volver al faro y esperar a su tío. La perspectiva de tener que darle la terrible noticia era tan aterradora, que casi gritó de nuevo; su mente se ocupó pensando en lo que diría, en cómo empezaría. Se estremeció; ya pensaría en ello luego, ahora había que averiguar lo peor. Volvió cautelosamente al borde del acantilado y se asomó buscando en la cavidad de debajo el magullado cuerpo de Elsbeth. El grito que dio le asombró hasta a él mismo: su prima no había caído hasta abajo del todo. Milagrosamente, su caída había sido interrumpida por un saliente de la roca que sobresalía a unos nueve metros por debajo de la cima del acantilado. Yacía tendida en él con brazos y piernas colgando lánguidamente del borde, como una muñeca rota.

Una oleada de esperanza y pánico le sobrecogió. Tal vez no estuviera muerta. Desde donde estaba era imposible saberlo, pero quizás, si pudiera bajar hasta ella... Entonces la sensación de pánico se hizo más fuerte, porque sabía que jamás tendría el valor suficiente para bajar hasta donde Elsbeth se encontraba, colgando en el espacio como estaba y sin nada que se interpusiera entre ella y el mar embravecido. Aunque se mareaba con sólo mirar, sabía que tenía que intentarlo. Tenía la sensación de que esto era una prueba para él, se daba cuenta de que había estado asustado durante demasiado tiempo. El miedo al fantasma casi lo había matado en Ben Dubh y ahora aquel mismo temor probablemente había acabado con su prima. Estaba harto de tener miedo. Neil tragó saliva y se decidió: bajaría a recogerla viva o muerta y la pondría a salvo. Si no lo hacía, nunca más volvería a tener paz.

Una calma extraña se adueñó de él. Miró el cuerpo de su prima y buscó lugares a los que asirse hasta llegar a ella. La pared le ofrecía un par de herbosos salientes bajo los cuales había un hoyo de arena poco profundo que algún ave marina había horadado. Los primeros nueve metros más o menos no parecían muy difíciles aunque tendría que volverse y bajar de espaldas. Luego podía pararse en el hoyo de arena y decidir cómo bajar el resto del camino.

Grandes pájaros blancos, casi calvos, revoloteaban graznando a su alrededor. ¿Serían gaviotas?, se preguntó. Elsbeth seguro que lo sabría, Elsbeth..., sonrió. Aunque no sabía cómo, tenía la certeza de que todo saldría bien, de que ella estaría viva y él la pondría a salvo. Neil se sentó en el borde del acantilado disponiéndose a bajar.

En los primeros nueve metros no tuvo ningún problema. Con mucho cuidado, bajó por el acantilado, concentrándose en la pared, mientras palpaba en busca de lugares donde asirse. Casi no tuvo que mirar hacia abajo, a sus pies, porque éstos parecían conocer el camino. Al llegar al hoyo se paró; sabía que tendría que volverse de espaldas a la roca si quería salvar los últimos metros que lo separaban de su prima.

Uno de los pájaros blancos voló hacia él justo cuando se volvía para localizar a Elsbeth. Neil lo esquivó pegándose a la roca, mientras se agarraba con la mano derecha para no perder el equilibrio. Gotitas de sudor le resbalaban por la frente. Pero cuando finalmente se volvió para mirar dónde yacía su prima, se quedó helado porque no estaba sola: delante de ella, abierto de piernas, estaba Barbarroja. Neil no se sorprendió, pero era incapaz de reaccionar. Sabía que éste sería su último encuentro, debía ser así y ello le daba fuerzas. O vencía él al fantasma o, por el contrario, éste le derrotaría a él. Barbarroja no despegó los labios, pero una voz áspera y maligna, su voz, hablaba en el interior del muchacho:

—Ya lo has hecho, Neil —decía—; la has matado, has matado a tu prima y ahora vienes a llevártela. Pero no puedes, ¿no es verdad? ¿Y por qué no? Porque eres un cobarde y tienes miedo. Sabes que eres un cobarde, Elsbeth lo dijo, ¿no? Tienes miedo de bajar hasta aquí. No podrás; como tampoco podrás subir por el acantilado otra vez porque es demasiado empinado. Te caerás, ¿no es cierto? Vas a caerte al mar; aunque pensándolo bien podrías saltar ya. ¿Por qué no? Mira esas rocas de abajo. Están a una gran distancia. Si saltas ahora todos pensarán que fue un accidente, que los dos caísteis. Así no sabrán que eres un cobarde, incluso puede que piensen que intentabas salvarla. Serás un héroe. Si saltas ahora nunca sabrán la verdad. ¡Vamos, salta! ¿Por qué no, Neil? Es lo mejor que puedes hacer.

La voz siguió hablando despreciativa, burlona; Neil la oía aunque parecía venir de muy lejos. Seguía, pero se iba debilitando hasta convertirse en un monótono y débil zumbido, como el de una vieja máquina. En su lugar, otra voz comenzó a hablar dentro de él: Era su propia voz, que cada vez se volvía más fuerte a medida que ahogaba el murmullo de Barbarroja.

—No creo en ti —decía—, porque no eres real sino tan solo alguien que yo he inventado; no eres ningún fantasma sino únicamente parte de mí: Eres mi miedo, mi culpa, la parte de mí que odio y de la que me avergüenzo. Y estoy harto de ti, no creo en lo que dices, no creo que Elsbeth esté muerta sino que vive. Voy a bajar a buscarla, y cuando la haya puesto

a salvo, sé que no volveré a verte. ¡Apártate de mi camino porque voy a bajar!

El rumor que era la voz de Barbarroja aún se hizo más débil, sus palabras ya no se entendían y, aunque su rostro ceñudo todavía se interponía entre Elsbeth y el muchacho, éste lo ignoró. Midió la distancia que los separaba. Si se agarraba al saliente en el que estaba podría dejar resbalar los pies hasta otro más estrecho y cubierto de hierbas que había debajo, pero desde allí iba a tener que saltar unos dos metros para alcanzar el saliente en que estaba la chica. No parecía haber otro camino; tendría que saltar y, cuando lo hiciese, sólo el aire estaría bajo sus pies; el aire y el mar, siempre el mar golpeando contra las rocas.

«Puedo hacerlo», pensó Neil. De nuevo se agachó clavando la punta de los dedos en el saliente en que había estado. En un primer momento, no encontró el estrecho reborde que buscaba y sus pies se deslizaron de lado a lado colgando de la pared del acantilado. Luego, con la punta de las botas tocó la hierba que sobresalía ligeramente de la pared lisa de la roca. Suspirando aliviado, Neil dejó caer el peso de su cuerpo sobre sus pies, pero ni siquiera había sitio suficiente para apoyar los talones, y lentamente, muy lentamente, comenzó a girar sobre sí mismo hasta quedarse cara al mar, listo para saltar.

Miró a Elsbeth, que ahora estaba tan cerca. Seguro que respiraba, pensó; tenía que estar viva, no sería justo que hubiera muerto. Delante de ella continuaba Barbarroja. ¿Era su imaginación o los rasgos de la figura estaban más confusos que antes? Su forma parecía vaga, borrosa, como desenfocada y su voz se veía reducida a un zumbido pero, a pesar de todo, aún estaba donde Neil debía posarse si quería llegar hasta su prima. Tendría que apartarse para dejarle sitio. Los ojos del fantasma brillaban furiosos y su rostro se retorcía de cólera y odio.

Neil tomó aliento y le gritó:

—¡Apártate de mi camino, allá voy!

Y saltó. En un segundo, mientras el muchacho estaba en el aire, el rostro de Barbarroja se difuminó trocándose en el de su padre que lo miraba airado. Luego éste se borró también hasta desaparecer con el resto del cuerpo. Con un golpe seco, Neil cayó sobre las rodillas en el escaso espacio que quedaba delante de Elsbeth. Durante un breve instante, permaneció inmóvil, tumbado y jadeando, apretando su rostro contra la hierba como si rezase. Tal vez lo hizo durante un momento. Luego, levantando la cabeza, se arrastró hasta su prima.

Un lado de su rostro estaba manchado por oscuros restos de sangre seca. Piernas y brazos pendían libremente del saliente. Neil le buscó el pulso en la muñeca. ¡Nada! ¡Estaba muerta después de todo! ¡La había matado! «Ten calma, domínate», se dijo, sobreponiéndose mientras intentaba recordar la clase de primeros auxilios en la escuela. ¿No decían que se tomaba mejor el pulso en algún lugar del cuello? Allí había una gran arteria, recordó mientras la palpaba un lado del cuello con los dedos. Al principio no sintió nada; luego presionó ligeramente la arteria con los dedos. Sí, notaba algo, un latido muy débil. ¡Estaba viva y se pondría bien! Él la sacaría de allí, la subiría por el acantilado y la llevaría hasta el faro, donde estaría tío Donald.

Todo salió como había pensado. Recordaba que les habían enseñado que la forma de transportar heridos era cargándolos sobre la espalda. Elsbeth, inconsciente, pesaba mucho más de lo que había imaginado, pero se las arregló para apoyar su cuerpo en el hombro derecho y, sujetándola con ese mismo brazo, buscó un camino por el que regresar a la cima del acantilado. A la derecha del saliente había una grieta estrecha, invisible desde arriba, que llevaba justo a donde querían ir. Se introdujo como pudo en ella y empezó a subir lentamente. El que pudiera ver adónde iba lo hacía todo mucho más fácil. Además, la confianza en sí mismo que había conseguido también le ayudaba; el fracaso no entraba en sus planes. La grieta se hacía más amplia, convirtiéndose en una chimenea y luego en un ancho sendero rocoso. Pronto se encontró de nuevo en la cima del acantilado. Con sumo cuidado, tumbó a Elsbeth sobre la hierba, luego se echó también él y cerró los ojos totalmente agotado.

Neil nunca supo el tiempo que transcurrió hasta que lo despertó un débil gemido: a su lado su prima abría los ojos y se palpaba la cara hinchada y manchada de sangre. Se inclinó hacia ella y le tomó la muñeca mientras le preguntaba con ansiedad:

—¿Estás bien, Elsbeth?

—¿Qué... qué ha ocurrido? ¿Dónde estoy? ¡Ay, mi cabeza! —gimió.

—No te preocupes, estás bien y te recuperarás en seguida.

—Pero, es que me duele la cabeza..., y la pierna —dijo mientras se estiraba para tocarse el tobillo, y añadió confundida—. Me caí por el acantilado.

Miró a Neil con los ojos muy abiertos y comentó aún aturdida:

—No me acuerdo de lo que pasó.

—Está bien, no te preocupes y no intentes recordar. Ahora estás a salvo. El faro no está muy lejos, yo te llevaré allí y tu padre nos recogerá.

Elsbeth se quedó callada con la vista fija en el suelo y el ceño fruncido; concentrada, intentaba recordar lo que había pasado.

—Recuerdo que había una roca y que luego me caí —dijo—. Lo siguiente que recuerdo es que me desperté aquí arriba. ¿Cómo he llegado hasta aquí?

—No te preocupes, todo va bien. ¿Crees que puedes caminar? Intenta mantenerte de pie.

Se levantó lentamente y sacudió la cabeza aturdida.

—Ahora intenta dar un paso, a ver si lo consigues.

Y, con el pie derecho, dio un paso adelante con mucho cuidado.

—¿Va todo bien?

—Sí.

Pero al cargar su peso sobre él se estremeció de dolor.

—Veamos —dijo Neil—. ¿Está bien el otro pie?

Parecía que sí, porque al apoyarse en él podía moverlo libremente.

—Ahora apóyate en mi hombro así —dijo Neil, levantándole el brazo derecho y dejándolo reposar sobre sus hombros, mientras que su brazo izquierdo rodeaba la cintura de su prima—. Apóyate en mí. Así está bien, pero no pongas el pie derecho en el suelo. Si caminamos despacio seguro que llegamos. ¡Venga, así está muy bien!

Y, muy despacio, emprendieron el camino de regreso al faro con Elsbeth descansando todo su peso en Neil. Cada cierto tiempo, la muchacha contenía el aliento del dolor que le producía apoyarse en el pie herido. Entonces doblaba la pierna y saltaba a la pata coja un trecho con Neil sujetándola por la cintura. La tercera vez que esto ocurrió, empezó a reírse hasta que su primo se enfadó con ella.

—¿De qué te ríes, tonta? —le preguntó.

—Seguro que formamos una pareja ridícula saltando por el camino de esta manera —le contestó reprimiendo la risa—, es como si participásemos en una carrera a tres patas —se echó a reír de nuevo—. Tendrías que empezar a saltar tú también para acompañarme.

De repente dejó de reír y se paró mirando a Neil con expresión seria.

—Seguro que cuando la piedra me alcanzó me caí por el acantilado —dijo despacio—. De eso me acuerdo muy bien. Así que debes de haber bajado a recogerme.

—Bueno, no caíste muy lejos y no me fue difícil rescatarte.

Elsbeth lo miró asombrada.

—Pero, tú odias la altura, ¿no? Quiero decir, en Ben Dubh tú estabas..., es decir...

Se paró sin querer acabar la frase y su primo lo hizo por ella.

—Quieres decir que quedé paralizado de miedo —dijo haciendo una mueca—. Tienes razón, pero esta vez era diferente.

Ya no le importaba admitir que había tenido miedo. Elsbeth insistió:

—Pero estos acantilados son mucho más escarpados que Ben Dubh.

—Sí, ya lo sé. Debía haber pasado más miedo esta vez pero, no sé por qué, no creo que vuelva a asustarme; al menos no de la misma manera.

Elsbeth lo miraba aún con el brazo por encima de sus hombros.

—Seguro que me salvaste la vida —dijo por fin—. Si no llega a ser por ti...

—Sí, bueno, dejémoslo ya —le interrumpió Neil rápidamente—. A ver si continuamos con nuestra carrera de tres patas y llegamos al faro. Ya no puede estar lejos. Conviene que te vea un médico lo antes posible y no te vendría mal tampoco descansar un buen rato.

—Muy bien, Neil —aceptó ella mansamente—. Estoy un poco cansada ya.

En realidad, cuando por fin divisaron Culmore, estaba casi inconsciente otra vez y el chico se tambaleaba bajo su peso sintiéndose totalmente agotado. Por eso su alivio fue tremendo al ver que la furgoneta de su tío les estaba esperando. Se colocó de nuevo el brazo exangüe de Elsbeth sobre los hombros, confiando en que tío Donald los viera y saliese a echarles una mano. Realmente tampoco le hubiera importado que lo llevaran a él, porque nunca en la vida se había encontrado tan cansado. La puerta de la furgoneta se abrió de repente y un hombre empezó a correr hacia ellos llamándole por su nombre. Al ver la figura del largo impermeable que corría por la hierba casi se le cayó Elsbeth: no era tío Donald. Por un instante, al ver los pliegues marrones de la gabardina golpeándole las piernas, creyó que era el fantasma. Pero no, no era ni su tío ni Barbarroja, era su padre, que en un momento los había alcanzado.

—Neil, ¿estás bien? Pareces agotado, hijo. ¿Qué le ha pasado a Elsbeth?

Confuso, el chico logró contestar:

—Estoy bien, papá. Elsbeth ha tenido un accidente, pero creo que se pondrá bien. ¿Qué haces aquí?

—Eso no importa ahora, ya te lo contaré. Vamos, deja que lleve yo a tu prima.

Y su padre recogió a Elsbeth y la llevó en brazos.

—Ten cuidado con ella, se ha torcido un tobillo.

—Volvamos a Ardberg para que el médico la vea —dijo

el padre de Neil, mientras la llevaba a la furgoneta y la tumbaba con suavidad en el asiento de atrás.

Cuando Neil se sentó a su lado en la parte de delante, lo miró fijamente y añadió:

—Y a ti también.

El chico lo miró sin comprender. ¿Qué pasaba? ¿Por qué había venido?

—¿Estás seguro de que estás bien? —le preguntó su padre—. Parece que has visto un fantasma. Soy yo, no voy a morderte.

La mente de Neil era un hervidero de preguntas, pero estaba demasiado cansado. Reclinó la cabeza en el hombro de su padre como un crío pequeño.

—Papá —dijo, llorando de alivio porque todo había pasado ya—. ¡Estoy tan contento de que hayas venido!

Su padre dudó por un momento, luego rodeó el hombro del muchacho y le dio un rápido apretón mientras le decía con suavidad:

—Yo también lo estoy, hijo.

Elsbeth gimió en la parte de atrás y los dos se volvieron a mirarla.

—¿Tío Colin? —dijo torpemente reconociéndolo—. No sabía que ibas a venir.

—No, bueno, se suponía que iba a ser una sorpresa, por eso cogí la furgoneta de Donald —el padre de Neil se reía mientras lo miraba—. Pero la sorpresa me la he llevado yo, ¿no? —arrancó—. Bueno, ya es hora de llevar a los soldados heridos a su casa.

14 Todo se arregla

LAS pocas fuerzas que aún le quedaban a Neil le abandonaron cuando su padre cogió a Elsbeth. Ahora que todo había terminado, se sentía vacío, flojo, entumecido y agotado, y durante todo el camino de regreso al hotel, durmió en el asiento delantero de la furgoneta. La llegada lo despertó. Cuando su padre sacó a su prima del coche para meterla en la casa, el chico vio a su tía, que en las escaleras, se llevaba una mano a la boca del susto.

—¿Qué le ha pasado a Elsbeth? ¡Dios mío, mírale la cara! ¿Es que se ha caído? ¡Oh, Colin! ¿Qué le ha pasado a la muchacha?

—Por favor, Ellen, no te alteres —dijo su padre pasando con la chica en brazos por delante de ella—. Ha tenido un pequeño accidente, pero se pondrá bien. De todas formas debe verla un médico, así que llámalo mientras la echo en algún sitio. ¿Puedes traer una manta? —añadió dirigiéndose a tío Donald, que acababa de aparecer, pálido y silencioso a la vista del cuerpo exánime de su hija.

Tía Ellen llamó al doctor Macpherson de Inverard, que llegó al cabo de quince minutos y la examinó detenidamente. El golpe de la piedra le había producido una gran magulladura en el pómulo, pero, afortunadamente, no le había roto ningún hueso. Además, tenía un corte bastante feo en un lado de la cara, mas no era profundo y, por tanto, no le dejaría cicatriz. Sin embargo, el doctor no podía asegurar nada del tobillo, ya que éste se había hinchado tanto, que resultaba imposible decir dónde se encontraba el hueso. Presionó ligeramente con los dedos y aventuró que muy posiblemente no había fractura, pero, para asegurarse, tendría que ir a Inverard al día siguiente a hacerse una radiografía. Mientras tanto, lo vendaría fuertemente con una venda elástica y, como lo que realmente necesitaba ahora era descanso, mucho descanso, le daría algo que le permitiera dormir si sentía algún dolor, aunque añadió que estando tan cansada tal vez no fuera necesario.

No lo fue. Elsbeth empezaba a darse cuenta del peligro que había corrido y mientras el doctor la examinaba, su mente pasaba continuamente del conocimiento a la inconsciencia. Por fin, cuando el médico se hubo marchado, se quedó dormida y tío Donald la subió a su dormitorio. Pero antes ya había hablado del accidente, contando cómo Neil bajó a rescatarla.

—Figúrate, un pequeñajo como tú subiéndome a mí como un saco de patatas por el acantilado y cargándome hasta el coche —le decía tomándole el pelo.

—¿Qué quieres decir? —respondió Neil irritado a pesar del cansancio que sentía—. Sólo soy un poco más pequeño que tú, pero pronto seré bastante más grande, si no, espera y verás.

—Calla, no le hagas ni caso, Neil —dijo tía Ellen—. Está bromeando, aunque, si yo fuera ella, estaría de rodillas agradeciéndote que me hubieras salvado la vida.

—Tía, por Dios —murmuró el chico—, de ninguna manera.

—No, mamá lleva razón —añadió Elsbeth ahora muy seria—, no debería bromear sobre ello. Creo de verdad que eres muy valiente, Neil; eres el chico más valiente que conozco.

—Venga ya, por favor —repitió Neil, pero se iba poniendo colorado de orgullo y placer.

—Y para recompensarte —continuó Elsbeth—, te voy a hacer un regalo muy especial.

Se inclinó hacia él y abrazándole le dio un beso. Los mayores se reían y aplaudían, y Neil estaba más azorado aún que antes, a pesar de que disfrutaba siendo el héroe del momento.

Su padre no había abierto la boca mientras todo esto ocurría y el chico le dirigía miradas furtivas de vez en cuando. Era evidente que estaba encantado con los elogios que recibía su hijo, pero éste no le perdía de vista ni un instante. Todavía albergaba las más terribles sospechas: ¿Por qué había venido? ¿Para darle la noticia de que se iba de casa? Finalmente, cuando tío Donald se llevó a Elsbeth a la cama, su padre y tía Ellen volvieron a hablar de lo ocurrido; Ellen alababa el valor de su sobrino, mientras que su hermano asentía tan modestamente como le era posible. El sueño empezó a minar la resistencia del chico y mientras contaban por tercera o cuarta vez la historia, se durmió.

—Vamos, Neil —era la voz de su padre—. También es hora de que tú te vayas a la cama.

—Pero si sólo son las nueve —protestó Neil bostezando.

—Tu padre tiene razón —dijo su tía—. ¡Venga, a la cama! Una buena taza de cacao te ayudará a dormir.

—¡Hale! —le instó su padre—. Yo subiré luego a desearte buenas noches.

Una vez arriba, Neil se lavó la cara y las manos, que estaban sucias y llenas de arañazos, causados por la escalada del acantilado; luego se puso el pijama y se metió en la cama. Estaba muy cansado. Cogió un viejo tebeo que ya había leído y empezaba a pasar las páginas cuando alguien llamó suavemente a la puerta.

—Aquí tienes —dijo su padre abriendo y maniobrando para entrar con la bandeja—, un cacao con una galleta de chocolate especial para el héroe de hoy.

—Muchas gracias, papá —respondió el chico incorporándose para coger la bandeja.

Su padre se acomodó al borde de la cama mirando a Neil, mientras éste sorbía el cacao y mordisqueaba la galleta. Sus dedos tamborileaban sobre la bandeja. Luego tosió.

—Bueno —dijo con una risa nerviosa—, parece que suceden muchas cosas aquí arriba, ¿no? ¿Lo estás pasando bien? No hoy, quiero decir el resto de los días.

—Sí, todos me tratan muy bien y me gusta estar aquí ahora —dudó por un instante y luego añadió—. Al principio, Elsbeth y yo no nos llevábamos muy bien pero ya todo ha cambiado.

—Verdaderamente te está agradecida por haberla rescatado hoy.

—Bueno, en realidad era mi deber porque se cayó por mi culpa.

Hubo una pausa. Ninguno de los dos miraba al otro, y su padre se levantó para marcharse.

—Bien —dijo, pero Neil le interrumpió.

—¿Qué haces aquí? —le espetó con más fuerza de la que hubiera deseado—. Creí que estabas en un viaje de negocios.

—Sí —le contestó—. Quería hablarte de ello; el... el viaje de negocios se interrumpió, así que cuando telefoneé a tío Donald para preguntarle por ti y me sugirió que viniese a pasar unos días, pensé que sería una buena idea; hace mucho tiempo que no venía y me encanta este lugar. ¿Sabes? Todos los veranos solía ir de excursión por estas montañas, así que anoche cogí el coche-cama en Londres —incómodo, hizo un gesto—. Quería sorprenderte, pero la sorpresa me la he llevado yo.

—Sí, tío Donald me dijo que tenía una sorpresa, pero nunca pensé que fueras tú.

—Supongo que no estás decepcionado, ¿verdad? —le preguntó al tiempo que se inclinaba hacia él y le revolvía el pelo.

Al chico no le gustaba nada esta costumbre de su padre, porque le parecía que no lo hacía de forma es-

pontánea, sino como un ademán obligado para un padre.

—No —murmuró—, claro que no.

—Me he traído las botas de montaña, así que tal vez podamos ir a alguno de los montes de por aquí cuando te sientas con fuerzas. Stac Polly está muy bien y también Suilven, y puede que intentemos subir a Ben Dubh que es el más cercano.

—Elsbeth y yo subimos a Ben Dubh la semana pasada —dijo Neil sombrío, mientras volvía el rostro hacia la pared. Su padre rompió el incómodo silencio que siguió a esta observación.

—Mira, Neil —le dijo suavemente inclinándose hacia él—; tengo algo que decirte, algo importante.

El chico volvió la cabeza y fijó la mirada en su padre. «Pon fin», pensó.

—No me he ido de viaje de negocios, no hubo ningún viaje de negocios. Te mentí. Lo siento.

Esforzándose por mantener la voz lo más tranquila posible, Neil preguntó:

—Entonces, ¿adónde fuiste?

Su padre le miró sorprendido. Tal vez, pensó Neil, había sonado más frío que tranquilo, pero no se sentía así de ninguna manera, más bien todo lo contrario: estaba sudando, y su cuerpo se había quedado rígido por la tensión. Le resultaba inaguantable esperar a que su padre continuara.

—¿Sabes? —empezó de nuevo su padre—. Ultimamente, tu madre y yo no nos llevábamos muy bien.

Intentábamos ocultártelo, pero no era fácil, y me atrevería a decir que de todos modos lo habrías averiguado.

Hizo un gesto y le miró como esperando una respuesta, pero el chico estaba soportando demasiada tensión para poder contestar. A pesar de que parecía contrariado, su padre continuó:

—Hace unos meses conocí a una mujer y, bueno, supongo que me enamoré de ella —volvió a mirar a su hijo haciendo una mueca nerviosa que era como un gesto de dolor—. Supongo que crees que los viejos como yo no nos podemos enamorar, ¿eh?

Pero Neil siguió guardando silencio. Tras una pausa, su padre añadió:

—Creo que no me estoy explicando claramente. Bueno, no sabía qué hacer y, claro, tu madre está muy afectada. Es comprensible. No era capaz de tomar una decisión, así que pensé que lo mejor sería que me fuera solo durante un tiempo para intentar solucionarlo, es decir, para averiguar cuáles eran mis sentimientos y qué postura adoptar —miró a su hijo como implorando perdón—. Y ese fue mi «viaje de negocios».

Neil lo miró como si lo viera con claridad por primera vez; de repente, se dio cuenta de que su padre no sabía qué hacer, de que no era el monstruo que recordaba y odiaba, sino un hombre corriente, en estos momentos débil, pero en otros, como cuando recogió a Elsbeth de sus brazos en Culmore, fuerte y decidido. No había por qué tenerle miedo, y su voz, completamente tranquila, así lo reflejó al preguntarle:

—¿Te has decidido ya, papá?

Su padre sonrió pero esta vez con un gesto auténtico de amor y cariño.

—Sí, Neil, ya me he decidido —dijo—. Estos días de soledad me han ayudado a ver las cosas claramente. Ya estaba bastante seguro de lo que quería antes de venir, pero el verte a ti así me ha reafirmado en mi decisión. ¿Sabes? Cuando sopesé los pros y los contras, vi lo que era real y lo que no. Sabía que amaba demasiado a tu madre para dejarla. Es que —continuó ya con mayor confianza—, si llevas casado mucho tiempo, te llegas a acostumbrar tanto a la otra persona, que realmente no la ves, das por sentado que está ahí. Eso es exactamente lo que nos ha pasado a tu madre y a mí, y ahora que me he dado cuenta de ello pienso arreglarlo como sea. Tu madre y yo hemos hablado ya de ello y vamos a seguir juntos e intentarlo de nuevo. Los dos creemos que las cosas irán mejor ahora.

Dejó de hablar esperando alguna reacción de su hijo. Pero había algo en la forma en que había contado la historia, que hizo que Neil dudara de ella. Era demasiado perfecta para ser convincente. Oh, seguro que su padre iba a quedarse con ellos como decía, pero el chico sabía que no sería así siempre. Pronto le volvería el descontento y el problema volvería a empezar. Si su padre no estaba seguro de sí mismo, ¿cómo lo iba a estar de los demás? Volvería y se marcharía de nuevo para otra vez volver y, poco a poco, dejaría de tener importancia para Neil el que estuviese o no. El muchacho tenía ahora su vida propia, la había conseguido aquí, en Ardberg, aquí había madurado y lo que su padre hiciera o dejara de hacer ya no era tan importante para él.

Todo esto le pasó por la imaginación en un segundo y, al mismo tiempo, se dio cuenta de que no necesitaba ya odiar a su padre. Lo había visto con claridad, con todas sus faltas, y el resultado era que sentía verdadero amor por él, algo que no había experimentado durante años. Su padre no era un monstruo ni él un crío, así que tal vez ahora llegasen a conocerse tal como eran.

A medida que todo esto le pasaba por la mente, sintió una gran calma, parecida a la que había experimentado en Storr Head cuando decidió desafiar al fantasma y saltar. Estaba seguro de que ahora todo iría bien. Puso su mano sobre la de su padre y le dijo:

—Me alegro de que las cosas se vayan arreglando entre tú y mamá, pero, ¿qué hay de la otra mujer?

—¿Sally? —su padre sacudió la cabeza—. Supongo que ni ella ni yo estábamos realmente enamorados, al menos sé positivamente que ella no lo estaba, tan solo estaba inquieta como yo. Creo que fuimos una pareja de descontentos jugando a estar enamorados, y cuando nos conocimos mejor nos dimos cuenta de ello. Sally no era real, no era más que una fantasía que había soñado, alguien que inventé —miró a Neil por un instante y luego continuó muy deprisa—. Todo el mundo hace cosas así, se inventan gente cuando no son felices, figuras de ensueño, fantasmas. Entonces parecen reales, pero no lo son —sonrió—. Tal vez seas demasiado joven para que lo hayas experimentado por ti mismo, pero quizás algún día, cuando seas mayor, entiendas lo que te digo.

Neil miró más allá de su padre a la ventana. La luz se iba poco a poco apagando y el sol se ponía tras las oscuras cortinas. Mañana su padre y él las escalarían juntos y disfrutaría, y al día siguiente... Cerró los ojos mientras dejaba caer la cabeza sobre la almohada, sonrió medio dormido.

—¡Pero, si no te dejo en paz, cuando lo que necesitas es dormir! —se recriminó su padre medio en broma—. Después del día que has tenido debes de estar agotado.

Sonriendo todavía, Neil asintió.

—Fuiste muy valiente hoy —le susurró su padre con mucha suavidad—. Sé lo que te asusta la altura, pero ahí es precisamente donde radica el coraje: en vencer tus propios miedos. Estoy muy orgulloso de ti, créeme —se detuvo un momento—. Sé que muchas veces te he gritado y me he puesto furioso contigo y probablemente vuelva a hacerlo alguna vez. Lo siento mucho, de veras, pero es mi forma de ser y no puedo cambiarla. Sin embargo, te quiero, hijo, y tú los sabes, ¿verdad?

Neil asintió sonriendo. Ya no podía abrir los ojos, y sintió que se dormía sin remedio, pero aún, medio dormido como estaba, extendió los brazos hacia su padre y lo abrazó.

—Me llevarás a Suilven mañana, ¿verdad?

—Claro que sí.

Neil lo apretó aún más mientras le decía:

—Buenas noches, papá, hasta mañana.

Fin

alta mar

comentamos el texto

El fantasma del valle

1. El mundo de los sueños

La novela que acabas de leer nos presenta a Neil MacLeod, un muchacho inglés que vive un problema interior. La solución a su angustia se nos muestra a través de sueños, de aventuras y de diálogos.

1.1. ¿Te has dado cuenta de las dos formas de letra de imprenta (redonda y cursiva) que aparecen en el Capítulo 1? ¿Sabrías explicar el motivo de esta intención?

la letra en cursiva es porqué nos está explicando un sueño, y las otras no pertenecen al sueño

1.2. El sueño de Neil en el tren nos hace pensar que tiene miedo a algo o a alguien. Busca palabras del campo semántico de «miedo» que aparecen en el Capítulo 1, y otras que tú conozcas, y escríbelas a continuación.

Estado de ánimo poseído de fuerte temor ante un peligro real o imaginario

1.3. Durante el sueño, el protagonista vive una aventura intrigante. El autor ha descrito el sueño como algo rápido, violento y trágico. Ha utilizado los verbos abundantemente. Busca tú en el texto del sueño los verbos que signifiquen acción, intriga y expectación.

caer, empujar, resbalar, agarrar, sacudió, notaba, aterrorizar.

1.4. Describe al personaje que aparece en los sueños de Neil MacLeod.

Era un hombre con barba roja y vestido con una capa de color marrón.

2. Mapas para turistas

Uno de los grandes placeres de la época actual es viajar. Los medios de transporte nos llevan de un lugar a otro con facilidad y rapidez.

Para ayudarnos a conocer los lugares por donde pasamos y a los que nos dirigimos, usamos los mapas turísticos.

2.1. Busca, sobre un mapa del Reino Unido, dónde está Escocia. Dibuja la isla de Gran Bretaña y rellena de color la zona de Escocia. (Utiliza tu cuaderno.)

2.2. Escribe los lugares geográficos de Escocia que se nombran en el Capítulo 1.

ardberg, Invernes, Jairg

2.3. Copia dos frases del mismo Capítulo 1 donde se demuestre en qué medios de locomoción viajó Neil hasta llegar al hotel de sus tíos.

Billetes porfavor! En tren
Ahora podía ver Neil la
Cabeza del tren al tomar
ésta una curva de la vía.
En autobús, Y esta lluvia que
resbalaba constantemente
por la ventanilla del autobús

3. La familia de Neil

Los protagonistas de las novelas, cuando son jóvenes, se nos presentan muchas veces dependientes de los miembros de su familia.

3.1. ¿Qué miembros de la familia de Neil actúan o se mencionan en el libro?

tía Ellen, tío Donald, Elsbeth

3.2. ¿Por qué crees que Neil llama señora Ross a su tía Ellen en el Capítulo 2?

Porqué a ella no la conocía y le tenía respeto

3.3. ¿Cuál era la situación familiar de sus padres cuando el muchacho viajó a Escocia?

Su padre estaba de viaje de negocios y su madre sola en su casa

3.4. ¿Por qué se puso colorado Neil, por segunda vez, cuando su tío Donald le preguntó por su padre? (Aparece en el Capítulo 2.)

Porqué a su padre hacía tiempo que no lo veía

4. Escenarios de aventuras

La novela de aventuras exige un cambio continuo de escenarios. El protagonista no puede sucumbir por muy infranqueables que sean éstos.

4.1. Neil y su prima Elsbeth hicieron una excursión a Glen Dubh (el valle negro). ¿Cómo era este lugar? Descríbelo.

habría muchas cuevas. las tierras eran verdes, al final destacaba una impresionante montaña coronada. También había un puente, un camino estrecho, y un río.

4.2. ¿Qué interés tenía Glen Dubh para que los científicos fueran a estudiar e investigar allí?

Porqué hay pájaros y plantas y convertir aquella área en una reserva natural

4.3. ¿Qué otros escenarios de aventuras va visitando Neil a lo largo de toda la novela?

Fue en un tren, en un autobús y en una casa

4.4. De todos los lugares descritos en la acción o en los sueños de Neil MacLeod, ¿cuál te ha parecido más arriesgado? Explica tu respuesta.

Que se arriesga y quiere ir solo en aquella cueva que lleva mala suerte, la cueva de Kilmori.

5. Un poco de historia

Para enlazar *la acción* en la que se mueve el protagonista con *el misterio* del valle y de las cuevas, el autor del libro, Alan C. McLean, utiliza la técnica de contar un poco de historia.

5.1. ¿Quién contó a Neil la historia de la cueva de Kilmory? ¿Cuándo lo hizo?

Su tio Donald comer

5.2. En el Capítulo 4 vuelve a aparecer un sueño de Neil. ¿Qué relación tiene la historia de la cueva con el sueño del protagonista?

El del Barba roja

5.3. Desde que Neil oyó contar la historia sentía el enorme deseo de visitar la cueva. El lenguaje principal del protagonista es la acción. ¿Qué decidió hacer cuando su prima se fue a pescar? (Capítulo 4.)

a la cueva

5.4. ¿Qué se consigue con los puntos suspensivos en esta expresión del Capítulo 4: *«Se llamaba... Yo...»?*

Impedir decir el nombre del fantasma de la cueva de Kilmory

6. ¿Quién sería?

Entre los recursos más frecuentes en los relatos de intriga, los autores recurren a intercalar preguntas o dejar frases sin terminar.

En el Capítulo 5, cuando Neil visita la cueva vive momentos de ansiedad e intriga.

6.1. Busca en este capítulo los recursos que producen ansiedad, expectación e intriga. Copia uno de ellos.

El sonido que sintió Neil y el descubrir el hombre que tenía detrás

6.2. Tía Ellen, en el Capítulo 6 dialoga con su sobrino y dice:

—*«¿Que te encontraste a alguien en la cueva de Kilmory? ¿Pero, cómo...?»*

¿Qué quiere conseguir el autor con estas preguntas?

Que el lector comprenda lo que
después explique bien a su tía y
intriga de saber que se encontro

6.3. Busca en este capítulo algunas interrogaciones y exclamaciones que consigan interesar al lector. Copia una de ellas.

La gente del valle la llamaba
Barbaroja pero su verdadero nombre

7. Recursos estilísticos

7.1. En el Capítulo 7 leemos: *«Se había desvanecido, como un fantasma»*. ¿Qué recurso literario es éste? Busca otro semejante y cópialo.

7.2. En el mismo capítulo busca la expresión: *«se le heló la sangre».* ¿De qué recurso estilístico se trata? Busca otro semejante y cópialo.

....

....

....

7.3. *«No quiero morirme de aburrimiento»,* también aparece en el Capítulo 7. ¿Qué recurso se ve en esta frase? Busca otros semejantes y cópialos.

....

....

....

....

7.4. Busca el siguiente texto en el mismo capítulo: *«El viento del valle podía soplar repentinamente».*

Inventa tres frases que contengan este mismo recurso.

....

....

....

....

....

....

....

....

8. La técnica de resumir

Resumir algo que hemos leído es una técnica que requiere aprendizaje.

El Capítulo 8 es uno de los más importantes del libro porque supone la complicación de la historia.

8.1. Subraya las ideas más importantes de este capítulo.

8.2. Reúne estas frases o palabras subrayadas y escribe el resumen del capítulo.

....

....

....

....

8.3. Intenta resumir la historia del misterioso suceso de las cuevas. No pases de tres líneas.

Neil va a la cueva de Kilmory
y se encuentra un hombre misterioso
él era de su familia

8.4. Resume brevemente el argumento de este libro. Te puede servir para la ficha de biblioteca.

Neil va a casa de sus tíos a
pasar las vacaciones del verano
allí encuentra un fantasma

....

9. Multiplicar palabras

El idioma está formado por signos. Los signos del idioma son las palabras.

9.1. Busca en el diccionario el significado que conviene en el texto a las siguientes palabras del Capítulo 9.

el anorak cogió la prenda de vestir

un vistazo miraba las cosas de una sola

el corredor estaba en el pasillo

el chico él, el niño

sofocante impedía la respiración

9.2. Intenta multiplicar palabras. A partir de las que reproducimos del Capítulo 9, forma derivados, sinónimos y antónimos.

términos empleados	derivados	sinónimos	antónimos
subir	subida	escalar	bajar
delante	adelantar	frente	detrás
calor	caloroso		frío
inmensa		grande	pequeño
viejos	envejecer	anciano	joven
cierra	cerrar	embarrar	abrir
débil	debilidad	abatudo	

9.3. Otra manera de multiplicar palabras es formar campos semánticos y campos lexicales.

Elige una de estas palabras y multiplícala:

lluvia-calor-cocina

campo lexical	*campo semántico*
lluvioso	paraguas
....	....
....	....
....	....
....	....

10. Varios significados

Algunos vocablos aparecen en el libro con un significado concreto según el contexto. Estas mismas palabras pueden adquirir distinto significado. Son palabras polisémicas.

10.1. Busca en el Capítulo 10 las siguientes palabras y escribe su significado en ese contexto:

- la cámara
- una revista
- el equipo
- la tienda
- el carrete
- las moscas

....

....

....

....

....

....

10.2. Inventa frases en las que las palabras del ejercicio anterior adquieran significado distinto del que tú has escrito.

10.3. En este capítulo has observado la riqueza de términos que aparecen para nombrar objetos del «equipo de pesca». Búscalos y escribe el significado de cada uno de ellos. Si investigas podrás añadir algunos más, que no aparecen en el texto.

11. ¿Fantasma?... ¿Barbarroja?... ¿Padre?

El Capítulo 10 podría muy bien llamarse de otra manera. El verdadero protagonista es el padre de Neil. De él se habla y en él se piensa. En el sueño se revela como el fantasma inquietante de su angustia.

11.1. Vuelve a leer el capítulo y señala tres partes:

1. Lo que piensa Neil de su padre antes de hablar con Donald.
2. Lo que le dice el tío.
3. Lo que pensó después.

Resúmelo en pocas líneas:

1. ....

....

....

....

2. ....

....

....

....

3. ....

....

....

....

11.2. ¿Qué opinas tú acerca del papel de un padre en la familia?

....

....

....

11.3. ¿Qué pueden hacer los hijos de tu edad cuando hay situaciones parecidas a las que presiente Neil?

....

....

....

12. Sentido del humor

El protagonista, Neil MacLeod, es serio y meditador. A lo largo del libro pocas veces cambia de actitud. En el Capítulo 11 vive unos momentos de alegría y felicidad, como si olvidara el peso de su gran problema familiar.

12.1. Busca la frase que te demuestra este cambio. Cópiala.

....

....

....

12.2. La pesca, el baño y la conversación con Elsbeth dan al muchacho la paz que tanto necesita. Explica tú cuál es su gran problema.

....

....

....

....

....

12.3. Neil dice a su prima Elsbeth: *«¿Es que no tienes sentido del humor?»* Explica brevemente por qué lo dice. (Capítulo 11.)

....

....

....

....

13. Pintar con palabras

Habrás leído en tus libros de texto que hacer una buena descripción es como pintar con palabras.

13.1. Ahora vamos a invertir los términos. El autor, Alan C. McLean, ha descrito el paisaje donde se encuentra *«El viejo de Storr».* Intenta dibujar lo que dicen las palabras en esta descripción del Capítulo 12.

13.2. En *«El fantasma del valle»* encuentras descripciones: de personas (retrato), de paisajes, de objetos y de situaciones. Intenta describir el sendero y el paisaje que vieron los chicos para llegar a Storr Head.

....

....

....

....

....

....

....

....

....

13.3. Neil se asustó cuando vio caer a su prima precipitándose en el acantilado. Describe esta situación.

....

....

....

....

....

....

....

....

13.4. Elsbeth aparece en este capítulo como una chica agradable y familiar con relación a su primo. En los capítulos anteriores no era así. Describe a Elsbeth (retrato) como era al principio.

....

....

....

....

....

....

....

....

14. El mundo de los sentidos

El paisaje entra en el alma a través de los ojos. Pero hay, en todo lo que rodea a los protagonistas, otras sensaciones. El escritor se vale de *imágenes sensoriales* para embellecer sus descripciones.

14.1. Busca en el Capítulo 12 las imágenes sensoriales que se perciben por los ojos. Copia una de ellas.

....

....

....

14.2. ¿Qué colores aparecen en la descripción de los paisajes del Capítulo 12?

Copia las frases donde se encuentran.

....

....

....

....

....

14.3. ¿Qué otras sensaciones se describen en el mismo capítulo? Copia algunas y di por qué órgano sensorial son percibidas.

....

....

....

....

....

....

14.4. *«Neil salió de sus negros pensamientos.»* (Capítulo 12.) ¿Tienen color los pensamientos? ¿Qué significa esta expresión aquí?

....

....

....

....

....

15. Los interrogantes

En el libro «*El fantasma del valle*» hemos visto al protagonista como un chico torturado por unas dudas. Los interrogantes siempre están acosando su joven existencia: ¿Cómo hacer?, ¿cómo salir?...

15.1. En el Capítulo 13, Neil ve al fantasma por última vez. ¿Qué interrogantes se plantea en el intento de salvar a Elsbeth en presencia del hombre de la capa?

....

....

....

....

15.2. Tras los interrogantes, Neil opta por una salida. ¿Qué decide hacer?

....

....

....

....

15.3. Una frase exclamativa pronunciada por Neil da solución a todas sus dudas y angustias. Búscala en el Capítulo 13 y cópiala.

....

....

....

16. Como una gota negra...

El fantasma de los sueños de Neil es como una gota negra, muy negra, que tortura su mente. Hay un momento en la novela en el que parece caer la gota y disolverse en un enorme lago azul, tranquilo...

16.1. Busca en el Capítulo 13 el momento en que esto ocurre. Hay dos verbos que te ayudarán a localizarlo: *«se difuminó»*, *«se borró hasta desaparecer»*. Copia este pasaje de la historia de Neil.

....

....

....

....

16.2. *«Un lado de su rostro estaba manchado por oscuros restos de sangre seca.»* (Capítulo 13.) ¿A quién se refiere el autor con esta descripción? Añade tú otra frase para completar la comprensión.

....

....

....

....

....

....

....

16.3. La gota negra se disolvió en el lago. Se acabaron las angustias, los miedos y las cobardías. Neil y Elsbeth caminan hacia el faro *«a la pata coja»*. Ellos mismos se ríen de la pareja que forman al caminar. Busca tú tres locuciones adverbiales que completen la frase, sustituyendo la que ves subrayada.

«Entonces doblaba la pierna y saltaba a la pata coja.»

....

....

....

....

....

....

17. Una gran sorpresa

En el Capítulo 13, Elsbeth se sorprende al verse a salvo junto a su primo Neil. Comprueba que el muchacho no tenía miedo y había realizado una hazaña heroica.

17.1. ¿Cuál fue la otra gran sorpresa de este capítulo? Esta vez el sorprendido fue Neil.

....

....

....

17.2. *«El padre de Neil se reía mientras lo miraba. Pero la sorpresa me la he llevado yo, ¿no?»*

Comenta este pasaje del Capítulo 13.

....

....

....

....

....

18. ¿Tebeo o cómic?

En nuestro idioma aparecen, de vez en cuando, palabras que proceden de otras lenguas. Hoy, especialmente, abundan las palabras que proceden del inglés. Estas palabras se llaman extranjerismos y, en el caso del inglés, anglicismos.

18.1. El texto original del libro *«El fantasma del valle»* está escrito en inglés. Su autor, como ya sabes, es Alan C. McLean. Busca en el libro anglicismos como: cómic (tebeo o historietas cómicas) y escríbelos con su interpretación en castellano.

....

....

....

....

....

18.2. ¿Crees que los nombres propios pueden considerarse extranjerismos? Razona tu respuesta.

....

....

....

18.3. *«Porridge», «sombrero de tweed», «cornflakes», «anorak»,* son extranjerismos que aparecen en el libro. Busca entre tus conocimientos, o ayúdate de libros, para confeccionar una lista con diez extranjerismos. Subraya los que procedan del inglés.

....

....

....

....

....

....

....

....

....

....

....

....

....

....

19. Una confesión tranquilizadora

19.1. En el Capítulo 14 se llega al momento final de la tensión de Neil. Su padre le hace una confesión. ¿Qué le dice?

....

....

....

....

....

....

....

....

....

19.2. *«... no era el monstruo que recordaba y odiaba»* (Capítulo 14.) Explica esta frase del último capítulo.

....

....

....

19.3. El final de las vacaciones fue feliz. ¿Qué crees tú que contribuyó a esta felicidad?

....

....

....

19.4. En toda trama, por muy simple que sea, encontramos elementos centrales y marginales complementarios. En *«El fantasma del valle»* hay dos argumentos paralelos:

- Las relaciones de Neil con su prima.
- El mundo interior de sus recelos y sus miedos (los sueños).

Elige uno de los dos temas y haz una composición escrita. (Usa tu cuaderno.)

19.5. El libro que tienes en tus manos está descrito en catorce capítulos. Si copias los títulos, desde el primero al último, te saldrá el resumen del argumento. Compruébalo.

20. Tu propia novela

No deberíamos dar por terminado el comentario del libro *«El fantasma del valle»* sin intentar una actividad de lenguaje que podría descubrir tu vocación de escritor.

20.1. Intenta recordar un sueño que hayas tenido alguna vez.

Describe el sueño y dale una explicación.

No olvides que en toda «novela» prima la ficción sobre la historia.

Procura darle una estructura de: planteamiento, nudo y desenlace (feliz).

Índice

Colección altamar

Series

Poesía

Misterio

Aventuras

Ciencia Ficción

Teatro

Humor

Novela Histórica

Cuentos

Títulos publicados

1. Carmen CONDE. *Despertar* (P).
2. Monserrat del AMO. *El abrazo del Nilo* (A).
3. Fernando ALMENA. *Los pieles rojas no quieren hacer el indio* (T).
4. Ángela C. IONESCU. *Déjame solo, Joe* (C).
5. Gianni PADOAN. *Concierto de Libertad* (NH).
6. Juan FARIAS. *Los apuros de un dibujante de historietas* (H).
7. Carlos MURCIANO. *La rana mundana* (P).
8. Juan MUÑOZ. *Las tres piedras y otros cuentos* (C).
9. Juana Aurora MAYORAL. *La cueva de la Luna* (CF).
10. Sauro MARIANELLI. *Una historia en la Historia* (NH).
11. Pilar MOLINA LLORENTE. *Aura gris* (NH).
12. Jean GUILLORÉ. *El viaje de Nicolás* (A).
13. Samuel BOLÍN. *Los casos del comisario Antonino* (M).
14. R. Hubert VON BISSING. *La Tierra del Oro Ardiente* (A).
15. Elvira MENÉNDEZ. *La máquina maravillosa* (CF).
16. Jules ROMAINS. *Knock o El triunfo de la medicina* (T).
17. Fernando ALMENA. *Marcelo Crecepelos* (H).
18. Juan MUÑOZ. *El feo, el bobo y el malo* (C).
19. Blanca GARCÍA-VALDECASAS. *Los chicos de La Maraña* (A).
20. Gloria FUERTES. *La poesía no es un cuento* (P).

21. Juana Aurora MAYORAL. *Enigma en el Curi-Cancha* (NH).
22. Alan C. McLEAN. *El fantasma del valle* (A).
23. Fernando G. TEJADA. *Noche de luna con gatos* (T).
24. Emilio SANJUÁN. *Simón, Simón* (H).
25. Jacques FUTRELLE. *La Máquina Pensante* (M).
26. José Luis VELASCO. *El Océano Galáctico* (CF).
27. Gabriel JANER MANILA. *Cuentos para los que duermen con un ojo abierto* (C).
28. Manfred LIMMROTH. *El pequeño Otto ha desaparecido* (H).
29. Hilda PERERA. *Mumú* (A).
30. Alfredo GÓMEZ CERDÁ. *Luisón* (C).
31. Christopher KNOCK. *Edgar Wallace y el caso Software* (M).
32. Antonio-Manuel FABREGAT. *Los cuentos de mi escuela* (C).
33. Fernando LALANA. *Edelmiro II y el dragón Gutiérrez* (T).
34. Avelino HERNÁNDEZ. *1943* (NH).
35. François GOUDET. *Marieta y los vikingos* (M).
36. Braulio LLAMERO. *El inspector Tigrili* (H).
37. Miguel Ángel MENDO. *Vacaciones en la cocina* (C).
38. Ángela C. IONESCU. *El país de las cosas perdidas* (C).
39. Concha LÓPEZ NARVÁEZ. *El tiempo y la promesa* (NH).
40. Mathias DUNANT. *El monstruo de Jarama* (CF).
41. Fernando LALANA y J. M.ª ALMÁRCEGUI. *La bomba* (H).
42. José Francisco VISO. *Don Caracol Detective* (M).
43. Fernando ALMENA. *El cisne negro* (T).
44. Hazel TOWNSON. *Los embrollos de Beny* (H).
45. Alfredo GÓMEZ CERDÁ. *El laberinto de piedra* (A).
46. Ángela C. IONESCU. *Los amigos* (M).
47. G. BEYERLEIN y H. LORENZ. *El sol no se detiene* (HN).
48. Lucila MATAIX. *El calcetín del revés* (C).
49. Montserrat del AMO. *¡Siempre toca!* (T).
50. F. ALMENA, M. del AMO, J. FARIAS, J. M. GISBERT, A. GÓMEZ CERDÁ, G. JANER MANILA, C. KURTZ, F. LALANA, C. LÓPEZ NARVÁEZ, J. A. MAYORAL, P. MOLINA LLORENTE, J. MUÑOZ, C. MURCIANO, J. L. OLAIZOLA y M. PUNCEL. *Compañero de sueños* (C).
51. Enrique PÁEZ. *Devuélveme el anillo, pelo cepillo* (M).
52. José GONZÁLEZ TORICES. *Tengo mucho cuento* (C).
53. Juana Aurora MAYORAL. *Lirios de agua para una diosa* (NH).
54. Esteban BUÑUEL. *Quiero ser astronauta* (P).
55. Raúl JIMÉNEZ. *Aldurabahim* (A).
56. Carlos MURCIANO. *Las amapolas se han vuelto blancas de repente* (CF).
57. Samuel BOLÍN. *Nuevos casos del comisario Antonino* (M).
58. Juan MUÑOZ. *Ciprianus, gladiador romanus* (H).
59. Achim BRÖGER. *Mi 24 de diciembre* (H).
60. Michel VINAVER. *Las travesuras de Rosalía* (A).
61. Fernando ALMENA. *El pavo Facundo* (H).

62. C. LÓPEZ NARVÁEZ y C. SALMERÓN. *El parasubidas* (A).
63. Francisco DÍAZ GUERRA. *El alfabeto de las 221 puertas* (A).
64. Eduardo GALÁN. *La silla voladora* (T).
65. Alfredo GÓMEZ CERDÁ. *La gota de lluvia* (C).
66. Elvira MENÉNDEZ. *Ése no es mi zoo.* (H).
67. Manuel L. ALONSO. *Los aventureros* (A).
68. Braulio LLAMERO. *El rey Simplón* (H).
69. Fernando ALMENA. *El misterio indescifrable (CF).*
70. M. Dolors ALIBÉS. *Superfantasmas en un supermercado* (H).
71. Ana María ROMERO YEBRA. *La vaca de Dosinda* (P).
72. Carmen VÁZQUEZ VIGO. *¡Cumpleaños feliz! (C).*
73. Mercè COMPANY. *Los dientes del león (A).*
74. Hansjörg MARTIN. *No hay sitio para Tarzán* (H).
75. Juana Aurora MAYORAL. *Tres monedas de un penique (M).*

Títulos en preparación

Juan FARIAS. *La infancia de Martín Piñeiro* (R).
Consuelo ARMIJO. *Guiñapo y pelaplátanos* (T).
Charles VILDRAC. *Las gafas del león* (C).
Montserrat del AMO. *Patio de corredor* (R).
Joan Manuel GISBERT. *El enigma de la muchacha dormida* (A).
Concha LÓPEZ NARVÁEZ. *La tejedora de la muerte* (M).
Christine NÖSTLINGER. *El chachi* (A).
Seve CALLEJA. *Dos hámsters en una jaula* (C).
José M.ª MENDIOLA. *El castillo de Lora* (M).
Nina WARNER. *La luna en el agua* (A).